「やめてほしいなら、ここにきた目的を言ってもらおうか」
頷かずにはいられなかった。

illustration by TOMO KUNISAWA

蠱惑《こわく》の脅迫者《きょうはくしゃ》

本庄咲貴
SAKI HONJOH

イラスト
國沢 智
TOMO KUNISAWA

Lovers GREED

CONTENTS

✦本作品の内容は全てフィクションです。
実在の人物、団体、事件などにはいっさい関係ありません。

これをチャンスと言うのだろうか。

刑事がほぼ出払った捜査一課で、俺は思いがけない警部の言葉にすぐに返事ができなかった。

「俺が……潜入ですか？」

戸惑《とまど》いのまま問い返すように目を向けると、直属の上司で我が三係の長である一本杉《いっぽんすぎ》警部は、デスクに着いたまま得意の柔道で鍛《きた》えた筋肉質な腕を組み、俺の目を覗《のぞ》き込んでくる。

「ああ、雨宮《あめみや》、お前に頼む。まだ謎《なぞ》だらけのヤマだ。お前の働きが解決の糸口になるかもしれん重要な任務だぞ」

「俺の働きが…」

「なんだ？　しまりのない顔だな。嫌《いや》なのか」

「いえ、やらせてください」

知らず緩《ゆる》んでしまっていた表情を引き締め敬礼すると、一本杉警部は強面《こわもて》のそれを少し崩《くず》して苦笑した。きっと俺が今の仕事に不満を抱いていることに気付いていたのだと思う。

そんな上司に俺も再び笑みを漏《も》らした。

このときがくるのをどれだけ待っていただろう。

俺がここに入ってもうすぐ一年がたとうとしている。

警視庁捜査一課は二百人以上もの刑事を擁《よう》する大所帯だ。事件の種類に応じて大きく五つに分かれ、更にそれぞれがいくつかの捜査係で構成されている。

俺が所属する三係は、殺人事件・傷害事件など人の生命や身体に害を及ぼす事件を担当する強行犯捜査係の一つだ。

刑事の花形部署だが、兇悪《きょうあく》犯と対峙《たいじ》することが多い、危険と背中合わせの職場でもある。普通は勧誘制をとっており、俺のような実績のないものが配属になるのは珍しい。

といっても、俺はもっぱら書類書きや電話番、科研などの他部署との連絡役、つまり雑用ばかりを命じられて実際に逮捕現場へ向かったこともなければ、容疑者の取り調べをしたこともない。

事件の危険性が増すほど、俺は捜査から遠ざけられてしまうのだ。

別に、手柄をあげて出世したいとは思っていない。自ら望んで刑事という職業に就《つ》いたのではない俺は、この仕事に特別な情熱を持っているわけでもなかった。

だが一人の男として、仕事を任《まか》せてもらえない今の状況に満足できるはずがなくて…。

上司に理由を聞いたこともある。それに対する答えは、三係にはまだ不慣れだから、雑用も必要な仕事だ、というものだった。

そのもっともらしい理由に渋々誤魔化《ごまか》されたふりをしていたが、それだけでないことはわかっている。俺の兄が干渉《かんしょう》しているということは。

だからある事件の捜査本部で待機していた俺に、この捜査一課の大部屋へ戻るよう指示が出たとき、また別の事件の雑用係にされるのかと溜息《ためいき》をついていたのだが、まさかこんな話だったとは…。

しかも潜入捜査ともなればその責任は重大だ。

心の奥底から高揚《こうよう》感が湧《わ》き上がるのを覚えながら、俺は渡された資料を捲《めく》った。

事件の被害者の名前は安田伸司《やすだしんじ》（三十五歳）、大物代議士・里村浩三《さとむらこうぞう》の私設秘書をしていた男だ。

安田は一ヶ月前、自宅にて死体で発見された。ベッドに全裸のまま仰向《あおむ》けで放置されていたのを、連絡が取れないことを心配して安田の自宅を訪ねた同僚が発見したのだ。死因は頸部《けいぶ》圧迫による窒息死《ちっそくし》。

公にされている情報はここまでだった。被害者が代議士秘書であるため、事件をおおごとにしない配慮がとられているのだ。

そんな事件に俺が加わることになるのか…。

ふと目を向けると、一本杉警部は俺に初めてやりがいのある仕事を回せたことが嬉《うれ》しいとでもいうように、俺の様子を窺《うかが》いながら目の奥にいたずらっぽい光を浮かべていた。

「そこに書かれているのがお前の内偵先だ」

「アポロクラブ……ここが会員制のクラブですか」

「ああ、そうだ」

「政財界トップクラスの面々が親交を深める場…本当にこんなクラブが存在するんですね。庶民の俺には縁のない世界ですけど」

「実家が医者のお前より、俺のほうがよっぽど想像がつかない世界だぞ。その資料の最後に添付した会員名簿を見てみろ。顧客は金持ちや権力者ばかりの錚々《そうそう》たるメンバーだ」

実家のことにはあまり触れられたくないのに……と俺は内心溜息《ためいき》をつきながら聞こえなかったふりをして相槌《あいづち》を打った。

「被害者はそんなところの会員なんですか。政治家の秘書って給料がいいんですね」

「いや、被害者は、秘書は秘書でも私設秘書だ。そう金回りがいいとは思えんのだが…」

一本杉警部はまだ何か言いたいことがあるような顔つきをしながらも、視線で俺に資料を見ろと促《うなが》してくる。

再び手にした紙へ目を落とすと、俺はスーツ姿に銀縁《ぎんぶち》の眼鏡を掛けた、いかにもエリートという風貌《ふうぼう》をした男の写真を軽く指で弾《はじ》いた。

この事件の大部分が公にされないのにはもう一つ理由がある。

巷《ちまた》で催淫剤《さいいんざい》として使われることがあるという違法な薬物が被害者の血液から検出され、体内にまで男の体液がこびり付いていたのだ。つまりセックス中に死亡したものと推定されている。

だが事故なのか殺しなのかはまだわかっていなかった。

頸部圧迫がセックスの相手によるものだと仮定して、殺意があれば殺人、行きすぎたセックスの延長で死んでしまったものであれば過失致死となる。

情事の相手に事情を聞きたいところなのだが、その重要参考人は一ヶ月たった今もまだ見つかっていなかった。

大物代議士の私設秘書が同性愛者でしかも腹上死の可能性が高い、というスキャンダラスな状況では大々的に本部を立ち上げての捜査をすることができない。そのため事件を担当する三係は行き詰《づ》まっているのだ。

そんな中、浮上してきたこの『アポロクラブ』という情報は貴重な手がかりに違いない。そして俺はそこに潜入し、被害者のことを探《さぐ》ることになるのだろう。

己の責任の重大さをひしひしと感じながら資料に目を走らせていた俺は、残り少なくなった資料に首を傾《かし》げた。

潜入はかなりリスクの高い捜査方法だ。それ故、事前情報は重要になる。情報が多ければ多いほど刑事は己をカモフラージュできるからだ。そしてそれは己の命を守る手段にもなる。

だからこそ事件についてはもちろん、潜入先の情報はできる限り調べて報告されるはずだが…。この資料にはアポロクラブの情報がほとんどない。

「これだけ……ですか?」

顔を上げると、一本杉警部は難しい顔で頷く。

「ああ。それだけだ。特にアポロクラブについてはろくな情報がない」

政治家の秘書というのがやはりネックになっているのか、事件そのものについても記述が少ないが、アポロクラブについての情報量が少なすぎる。

書かれているのはオーナーの名前と年齢、このクラブのあるホテルの名前、所在地、電話番号、クラブの目的、そして会員名簿だけだ。建物内部については不明。

これでは実情は何もわからないも同然だった。

「少ないですね」

眉《まゆ》を顰《ひそ》めると、一本杉警部は重い溜息をつく。

「アポロクラブから提出されたその会員名簿に安田の名前はないんだ」

「じゃあ何故《なぜ》安田がクラブの会員だと？」

「アポロクラブは、安田は会員ではないと言っている。しかし、押収された手帳の、奴が死亡した日付の欄《らん》に『A』という文字と本部の電話番号が書き残されていた。名簿にあるとおり、里村代議士はそこの会員だ。だから代議士のスケジュールと考えられなくもないが、調べたところ里村の行動と一致しなかった。アポロクラブに事情を聞きに行ったが、ホテルの中に刑事を入れさせないし、代表者が出てきてかろうじて数分話を聞けただけだった。聞き出せたことは、安田は代議士の秘書として面識があるということだけ。個人的なことはまったく知らないそうだ」

一本杉警部はそこでいったん言葉を切ると、ここからが本題といわんばかりに腕組みをほどいた。

「雨宮、アポロクラブはどこかきな臭いぞ」

「……つまりそれを含めて俺に捜査しろっていうんですね？」

安田の死にアポロクラブが何か関わりがあるのか、そもそもアポロクラブはまっとうな集まりなのか。

少し声を低めて呟《つぶや》いた俺に、一本杉警部はただニヤリと笑った。

「実はな、お前の前に二人潜入を試《こころ》みたが門前払いされている。すぐに刑事と勘づかれたらしい。だからこそお前に白羽《しらは》の矢が立ったんだ。お前は育ちのよさそうな見た目をしているし、現場経験が少ないからか刑事臭さがないからな。それが幸いして上手《うま》く潜《もぐ》り込めるかもしれん」

「なんだか複雑ですね」

「無理にとは言わん。初めてのお前にはハードルの高い相手なのは承知しているからな」

「……」

「どうだ。それでもやるか？」

一本杉警部の声色《こわいろ》にはどこか俺を試すようなものが滲《にじ》んでいた。

初めての現場、しかも情報が少ない中の潜入だ。不安がないと言ったら嘘《うそ》になる。

だが、心に溜まっている鬱々《うつうつ》とした思いを解消するためにも、俺を一人前と認めてもらって今後まともに仕事に参加させてもらうためにも、絶好の機会であることには違いなかった。

どうして今回にかぎり例の妨害《ぼうがい》を受けなかったのかは不思議だが、仕事にやりがいを見出せなくてつまらない毎日を過ごすのはもうまっぴらだ。

「もちろんです。やらせてください」

迷うことなく返事をすると一本杉警部は「そうか」と満足そうに破顔した。しかし、続けて口を開こうとしたとき、背後から事務の女性の声が聞こえてくる。

「一本杉警部。雨宮警視正からお電話です」

事務の女性の声は弾《はず》んでいた。「雨宮警視正」からの電話を受けたことが嬉しいらしい。

「………」

何度耳にしたかわからないそのセリフに、俺と一本杉警部は顔を見合わせてしまった。

一本杉警部は机の上で緑色に点滅する電話機のボタンに目をやると、重そうに受話器を持ち上げる。

何を話しているのか、相手の声までは聞こえない。だが、冴《さ》えない表情の一本杉警部に、いつものことだと容易に想像が付いてしまう。

姿勢を正し、「はい」と返事を繰り返す一本杉警部は緊張しているのか、額にうっすらと汗が滲んでいた。

程なくして受話器を置いた一本杉警部が深い溜息をつく。

「雨宮、十分でいつものホテルの喫茶店へ行け。雨宮警視正が待ってるそうだ」

またか…。

そう喉《のど》まで出かかった言葉は呑み込んだ。

もっとこの事件について話を聞いていたい、そんな俺の心境を感じ取ったのだろうか、一本杉警部が気怠《けだる》げに「行け」と手を振り俺を動かそうとしてくる。

「いいから気にするな」

「……申し訳ありません」

「おいおい、なんで謝るんだ。相手は警務部の部長さんだ、誰も逆《さか》らえんよ」

「しかし…」

「おっと、それよりさっきの話だが、警視正には内緒だぞ。今回のことは俺と木下《きのした》管理官で決めたことだ。理事官や課長も知らない」

なるほど…と俺は内心呟いた。

それで俺に仕事を回すことができたのだろう。しかし、もしこの仕事に失敗したら……いよいよ箱入りから抜け出せなくなりそうだ。

「もちろんいずれ報告するが、いちいち上に報告してたらきりがないからな。それに報告してしまえば、お前の兄貴に知られてしまうだろ？　俺と木下管理官としては、お前にも役に立つ人材に育ってほしいと思っている。正直、三係にお前を遊ばせておく余裕はないんだ」

眉間《みけん》に皺《しわ》を寄せて呟かれながらも、役立たずとみなされて窓際に追いやられていたわけではないとわかってほっとした。ただ、兄に関してはばつが悪いとしか言いようがなく、俺はただ頷いた。

そして一本杉警部に一礼すると、静かに踵《きびす》を返し歩き出す。

捜査一課の大部屋を出ると自然と溜息が漏れた。

重苦しい気持ちに追い打ちをかけるように、スーツの胸ポケットに入れた携帯電話が数秒間震《ふる》える。見るまでもなく誰からのメールかわかってしまう。そしてその内容も。

確認も返信もしないでいると、再び震えた携帯電話に、俺は諦《あきら》めて玄関へ向かって歩き出した。

擦《す》れ違いざま「お疲れさん」と声をかけてくる同僚たちに曖昧《あいまい》に返事をしながら足を速める。

新しい雑用を言いつけられて出かけるところだと思われているだろうか？

「まさかまた兄から呼び出されて喫茶店に行くとは言えないな」

もしかしたら俺がどこに行くかなんてみんな察しながらも、口に出して言わないだけなのかもしれないけど…。

庁舎を出て省庁のビル群に囲まれた道を通り大きな公園を抜けると、長いスロープにタクシーが列をなす十五階建てのホテルが見えてくる。大理石でできた重厚な造りのエントランスが風格を漂《ただよ》わせているこのホテルは、この一帯に集まる官公庁の職員たち、中でも幹部クラスが御用達にしている老舗《しにせ》の高級ホテルだ。接待に使うような飲食店はもちろん、一流ブランドの服飾店や、結婚式場、エステ、とにかく値の張るショップばかりが入っている。

広々としたロビーとの間を観葉植物で仕切った喫茶店は兄のお気に入りで、コーヒーが美味《うま》い。一度飲んだだけだが、香りの深さがとても印象に残っている。だが兄は紅茶派で、いつも俺の分の紅茶も注文されているのだ。

クラシックが優雅に響くその店内を覗くと、少し遅めの昼食を取る人や打ち合わせをしているらしきスーツ姿の男たちで席が埋《う》められていた。

だが、兄はすぐに見つかった。壁一面が硝子《ガラス》張りの造りで庭がよく見えるその席で、険《けわ》しい顔をして紅茶のカップを見つめている。

あんな顔をされるほど遅くなったつもりはないんだが…。

腕時計を見ると指定時刻を一分ほどすぎていた。

「兄さん、時間に厳しいからな。でも、俺にも都合ってものがあるんだけど」

せめて一本杉警部経由じゃなくて直接俺に連絡を入れてくれたら気が楽《らく》なのに。

兄としては、俺が仕事中だったらまずい、と気を遣ってくれているようなのだが、それなら仕事をするのが普通の勤務時間内に呼び出すのをやめてほしい。

「なんて面と向かって言えたら、そもそも鬱々としてないか…」

出かかった溜息を呑み込み、俺は兄のもとへ歩き出そうとした。

そのとき、兄と背中合わせに座っていた客が立ち上がる。黒のスーツを纏《まと》い、サングラスをかけた長身のその男はゆっくりと俺のいる入り口へ向かってきた。

会計をして出ていくのだろう。

店内でサングラスをしているのが気に留《と》まったせいか、なんとなく目を向けてしまう。

ふと、去っていくその男の背中を兄が睨《にら》み付けたように見えた。

知り合いだろうか？

いや、知り合いなら向かい合って座るだろう。

「今のは…」

訝《いぶか》しく思いながら、男の陰に隠れ一瞬視界から消えていた兄に目をやると、いつもと変わらない表情でカップを見つめていた。

気のせいだったのだろうか。

考えてみたらあの兄が人に喧嘩《けんか》を売るような真似《まね》をするはずがない。俺に対しては感情的になることも多いが、兄は品行方正を地でいくと評されているのだから。

少し兄の態度に過敏になっているのかもしれないな…。

そう思いながら内心苦笑していると、目の前に先程の黒いスーツの男がいた。

男の存在感に思わず息を呑んでしまう。

百七十六センチある俺よりも十センチ以上高い身長はそれだけでも目を惹《ひ》くのに、長い手足、広い肩幅は、日本人離れしていてモデルのような体型だった。顔は広めのサングラスに半分隠されているものの、通った鼻筋や形のいい唇からして格好いいのだろうと容易に想像がつく。

醸《かも》し出される雰囲気には鋭《するど》さと貫禄《かんろく》があり、近寄りがたいのに目が離せなくなってしまう、そんな男だ。

いったい何をしている人物なのか…。

黒のスーツに黒のシャツ、青のネクタイという服装からすると普通の会社勤めではないだろう。しかしホストのような軽さは感じられない。もっと…いわば極道のような、裏社会に通じるような危険な香りを纏っていて…。

「！」

男が俺を見てかすかに唇の端を吊り上げた。

見とれていたことに気付かれてしまったのかもしれない。

恥ずかしさに顔が赤くなるのを感じながらさりげなく視線を逸《そ》らした俺は、俯《うつむ》き加減で会計をすます男の横を通りすぎる。

擦れ違いざま、男から煙草の香りがした。

仕事柄、同僚には煙草を嗜《たしな》む者が多い。男の香りは嗅《か》ぎ慣れたもののはずなのに……何故だろう、不思議と記憶に残る。

「兄さん、遅くなってすみません」

声をかけると、兄ははっとした様子で顔を上げた。

いつもは俺が見つける前に声をかけてくるのに珍しい。

しかし俺を見た兄の表情が曇《くも》る。

「どうしたんだ。体調でも悪いのか？」

「別にどこもなんともないですけど…」

「それはおかしい。少し顔が赤いじゃないか」

兄は立ち上がって、手のひらを俺の額に押し当ててきた。後ずさろうとしたが腕を腰に回されて離れられない。

兄弟とはいえ、いい年をした男二人がする行為ではない。

「兄さん、こんなところでやめてください」

無理矢理突き放すわけにもいかず、俺は声を潜《ひそ》めながら兄の体をやんわり押し返した。兄は手を離してくれたものの、眉間に皺を寄せている。何故咎められるのか理由がわからない、そんな表情だ。

「熱がないか計ってるだけじゃないか」

「大丈夫です。熱はありませんよ」

「塔也《とうや》は元々体温が高めだ。だから熱に鈍感になりがちなんだ。それで無理して寝込んだことが何度もあるだろ」

「それは俺が小学生のころのことですよ。今は…」

「今も昔も、私はお前のことをお前以上にわかってる。だから塔也は私の言うとおりにしていればいいんだ」

また、それか…。

断言する兄の口調に、俺は喉を真綿で絞められるような感覚を覚えた。

兄にとって俺はいつまでたっても子供なのだ。俺の自我というものを認めてくれない。

そんな兄の存在を息苦しいと感じ始めたのはいつのころからだろう。

十歳年上の兄、雨宮謙一《あめみやけんいち》はいわゆるキャリア組の警察官僚だ。現在は警視庁で警務部の部長を務めている。

兄弟だが俺たちはまったく似ていない。兄は父親似で長身に男らしい体つきをしている。目もきりっとした切れ長で、黒い髪は品よく綺麗《きれい》にセットされ、一見してエリートだ。

それに対し俺は身長こそ百七十六センチあるものの、色白で男にしては細身の体格。顔も母親似の女顔で、髪は兄と同じくストレートだが栗毛《くりげ》色の柔《やわ》らかな髪質だ。

母は早くに亡くなり、もう一人いる八歳年上の兄とともに、俺たちは父に育てられた。しかし医者をしている父は忙しく、母が亡くなったときまだ幼稚園にも上がっていなかった俺は長男である謙一兄に育てられたと言っても過言ではない。

それ故か、謙一兄は何かと俺を過保護に扱った。学生時代は勉学や進路のことはもちろん、友人を選んだり、俺に告白してきた女の子を遠ざけたり…。警官になったのも兄の勧めだった。

今考えれば、行きすぎた干渉を受けていたとわかる。

でも俺にとって家事を完璧にこなし、そのうえ勉強もスポーツも常にトップ、若くして警視正となり将来は警視総監か警察庁長官かと噂《うわさ》される程やり手の謙一兄は、誇《ほこ》りで尊敬する立派な兄だ。

だからこれまでは兄の敷《し》いたレールを走ることを嫌だとは思わなかったのだが…。

『私の言うとおりにすればいい』

何度も聞いたそのセリフが今は息苦しい。

いくら弟が心配だと言っても俺はもう二十六だ。過保護にされる歳《とし》ではない。学生ならまだしも曲がりなりにも社会人で、捜査一課にいるのに捜査に加われないなど、俺はなんのために仕事をしているのかと思ってしまう。たとえ好きで始めた仕事ではないにしても、だ。

兄から独立したい。

もしかしたらそういう気持ちはずっと心の奥底にあったのかもしれない。

だが、幼いころから兄に躾《しつ》けられたせいだろうか、厳しいその目に見つめられるとなかなか拒絶の言葉を出せなくて…。

だからこそ潜入は成功させたかった。そうすればこの息苦しい状況も少しは変わるのではないだろうか、そう思うから。

「！」

不意に項《うなじ》がチリと熱くなるような視線を感じた。

無視できるような代物ではなくて振り返って店内を見回してみたが、こちらに視線を向けている人物はいなかった。

「どうかしたのか？」

「……。いえ」

訝しげな兄に俺は首を横に振った。

今のはなんだったのだろう。一瞬感じたそれには強い恨《うら》みを感じさせる殺気が込められていたようだった。

だがそれが誰が放ったものなのかもわからないとなれば、口に出すのは憚《はばか》られる。

「早く座りなさい」

促されるまま腰を下ろすと、かすかに苦みのある香りが鼻を擽《くすぐ》った。

先程擦れ違った男の残り香だろうか。その蠱惑的《こわくてき》な香りに、一瞬目にしたように思った兄の険しい表情が浮かぶ。

「兄さん、さっき兄さんの後ろに…」

「塔也。最近仕事はどうだ？」

「えっ？」

「危ないことはしてないだろうな」

突然言葉を遮《さえぎ》られ、戸惑いの声を漏らした俺に向けられた兄の視線はやけに鋭かった。

潜入捜査のことを知られるわけにはいかず、「いつもどおりです」と答えた俺に、兄は納得したように頷いてくる。しかし、俺の問いを明らかに拒《こば》んでいた。

やはり兄が先程の男を睨んだように見えたのは、見間違いではなかったのかもしれない。

だが、何故答えたくないのだろう。

そしてあの男は誰なのだろう。

疑問は強まるばかりだが、兄の視線に阻《はば》まれ、俺はそれを言葉にすることはなかった。

霞《かすみ》ケ関《がせき》から程近く、様々な国の大使館や外国人向けのホテルが多くある多国籍な雰囲気の一角に、アポロホテルは建っていた。

地上二十階地下二階、五階までは横に広く、それより上がタワーになっている逆T字形だ。低階層には暗い色の外壁が使われ、タワー部分はマジックミラーで覆われたそれは、一見商業施設を含んだマンションのようにも、ただのオフィスビルのようにも見える。

だがそれらや普通のホテルとは違い、入り口が主張されていない。まるで来客を拒むかのように、この規模の建物には通常見られない程小さなドアだ。更《さら》に外壁に似た暗い色に仕立てられて、非常にわかりにくくされている。

そのうえ、ホテルには付き物のドアマンもいなければ、広いポーチも、タクシー乗り場もない。建物のすぐ横にある地下駐車場への入り口も案内されておらず、ホテル名を記したものさえなかった。

◇◆◇

「ここが件《くだん》のアポロホテルか…。まさに正体不明だな」

下からゆっくりと上まで見上げ、俺は頭に叩《たた》き込んだ情報を思い返した。

アポロホテルは会員制の高級クラブ・アポロクラブのためにある、いわば会員専用の宿泊施設だ。

オーナーの名前は木根寿明《きねとしあき》。もともとは外交官をしていた前オーナーが、国外から招いた来《らい》賓《ひん》を宿泊させるために作ったホテルだったらしい。それが高級会員制クラブへと形を変え、会員の寛《くつろ》ぎのための空間、会員同士の親好を深める場になった、ということのようだ。

ホテルでありながらも会員以外立ち入ることができず機密性が高く、つまりこのホテル内で何が起きても外には漏れないということになる。そのためアポロクラブには厳しい入会審査があると推測され、以前潜入を試みた二人は、入会審査を受けることもできずフロントで追い払われた。

会員名簿にある名前を見ただけでも、アポロクラブに入れるのは身元を保証され懐《ふところ》も潤《うるお》っている国内外の超富裕層のみということがわかる。

だが、わかることはここまで。肝心なホテル内の様子すら掴《つか》めていない。まさに正体不明の要塞《ようさい》だった。

「さて、何が出てくるか…」

緊張に小さく息を吐き出すと、俺は少し緩んでいたネクタイをきつく締め上げた。そしてゆっくりと入り口へ近づいていく。

例のドアに軽く触れると重く見えたそれは難《なん》なく開いた。しかし正面は壁で、左右に分かれた通路があるだけだ。フロントもロビーもない。

以前潜入に失敗した刑事に聞いていたため戸惑うことなく進路を左へ取ったが、思った以上に歩かされる。間接照明で照らされただけの空間は薄暗く、トンネルの迷路を歩いているかのようだ。

天井に目立たないようにだが、いくつもの監視カメラが付けられているのがわかった。ここは、おそらく単なるフロントに向かうための通路ではない。わざと長い通路を歩かせて時間を作り、その間に来訪者をチェックする目的があるのだろう。

高級スーツと靴を身に纏い、良家の出身に見えるよう装っているとはいえ、一瞬たりとも気は抜けない。もう潜入は始まっているのだ。

廊下に響く自分の靴音を聞きながら奥へ進むと、ようやくフロントへ辿《たど》り着く。

誰もおらず、その間に周囲を探ろうとしたが、すぐにフロント横のドアからスーツ姿の男が出てきた。

「お客様、大変申し訳ございません。ここは会員制の施設となっております。会員様以外のご利用は遠慮いただいております」

人当たりのよい笑みを浮かべその口調も柔らかだが、すでに俺が会員でないことは見抜かれているようだ。

もしかして、刑事ということも…。

そう思うと速くなる鼓動を抑え、俺はフロントマンの目を真っ正面から見つめた。

「はい、知ってます。僕の父がアポロクラブの会員で、僕も会員になりたくて伺《うかが》ったんです」

「…失礼ですが、お名前を伺ってもよろしいでしょうか?」

「早乙女《さおとめ》です。早乙女淳造《じゅんぞう》の息子の皇紀《こうき》です」

フロントマンははっとしたように俺の顔を見つめてくる。

「早乙女様、大変失礼いたしました」

「いえ、知らなくて当然です。息子と言っても外腹《ほかばら》ですから」

深々と頭を下げるフロントマンに、俺は内心ほっとしながらにっこりと笑ってみせた。

実際に存在する会員の息子になりすまし潜入する……それが二回潜入に失敗した三係が練った今回の計画だった。

そして、会員名簿を元に、なりすますのに最適な人物を探し出した。それが早乙女皇紀という男だ。父親の早乙女淳造はアポロクラブの会員だが高齢で病気療養をしており、皇紀は長期出張のため渡米中で日本にはいない。つまりアポロクラブから確認の連絡がいったとしても、偽物であることがばれる確率は低いというわけだ。

実際は俺と皇紀は歳こそあまり変わらないが容姿は似ても似つかない。もしアポロ側が皇紀の容姿を知っていたらアウトだ。これは賭《か》けだった。

フロントマンは俺に、早乙女淳造の住所や電話番号、療養中の容態まで事細かに聞いてくる。予想していたその問いに俺はスムーズに返事をした。

ひとしきり聞いたあと、フロントマンは電話で誰かに連絡を取り始めた。挨拶《あいさつ》の様子からして、相手はホテルの人間であるらしい。

その間に俺はロビーの様子を探った。

頭上にシャンデリアが煌《きら》めいている。ゆったりとしたソファーやテーブル、観葉植物などが置かれたひらけた空間は普通のホテルと変わりがない。ただ広いロビーに客が一人も見あたらないのが違和感を覚えさせる。

いくら会員専用とはいえ日曜の夕方だ。一人ぐらい利用者がいてもおかしくないはずなのだが…。

「それでは早乙女様、こちらへどうぞ。別室にて当クラブについて詳しくご説明申し上げ、お手続きをさせていただきます」

電話で何を確認していたのかはわからないが、とりあえず刑事ということはばれていないらしい。

フロントマンはロビーから右手へ続く廊下のほうをすっと手で指し示してきた。

導かれるまま奥へ進むと、先程の位置からは見えなかったエレベーターが現れる。エレベーターホールには制服を着た体格のよい男が立っていた。ボーイみたいなものか、ここからはこの男に案内されるようだ。

これから厳密な審査でも行うつもりなのだろうか。別室と言われたが一体どこに連れて行かれるのか…。

何にしろ、ここから先はまったく情報がないためわからない。

乗り込んだエレベーターはどこかに直通するものらしく、フロント階を示すボタンのほかにフロアを示すものは一つしかなく、そこに数字は書かれていなかった。

エレベーターという薄暗く狭い環境も、じわりじわりと高まる緊張を煽《あお》ってくる。

「どうぞこちらです」

エレベーターを降りるとそこには、暗めの暖色のカーペットが敷き詰められ、品のよい高級感が漂っていた。だが、間接照明だけで薄暗いのはフロント階と一緒だ。

少し廊下を歩いて案内されたのは金色のプレートに『owner's room』と書かれた部屋だった。

その文字を見た瞬間、俺は背筋がひやりとする。

なんとかボロを出さないようにしないと…。

冷静になるため静かに息を吐き出した俺は、促されるまま目の前の部屋に足を踏み入れた。

部屋に差し込む赤く焼けた夕陽が、暗いところを歩き続けた目を刺してくる。思わず片手で日差しを遮りながら見渡したその部屋は広く、置かれた机やソファーも高級ブランドのもののようで、一流企業の社長室と変わらない雰囲気が漂っていた。

夕陽の眩《まぶ》しさに目が慣れると、俺はようやく窓辺に立つ人影に気付く。

あの人がオーナーの木根寿明だろうか？

男は背中を向けているため顔はわからない。だがそのスーツ姿の背中は情報にあった七十歳の男のものには見えなかった。

それにあの背中……どこかで見た覚えがあるような…。

「早乙女様をお連れいたしました」

ボーイの声に押されるように窓辺の男へ一歩を踏み出した俺は、次の瞬間息を呑んだ。

夕陽を背に振り向いたその男は、先日喫茶店で兄の後ろの席にいたあの黒いスーツの男だったのだ。

顔をはっきりと見たわけではなかったが、間違いないだろう。鼻筋と口元に見覚えがある。何よりこんなに存在感がある男がそうそういるとは思えない。

それにしてもあのときはサングラスに隠されてわからなかったが、なんて強い目をした男だろう。振り返ったその優雅な物腰に似合わず、漆黒《しっこく》の目は鋭く、精悍《せいかん》な光を放っている。

しかし、この偶然はかなりまずい。先日の今日だ。この男は喫茶店で俺と擦れ違ったのを覚えているだろうか。そして、もしこの男が兄の知り合いだったとしたら…。

刑事とばれてしまう可能性が高くなる。

男がゆっくりとこちらに近づいてくる。俺は動揺をひた隠しにしながら目の前まできて立ち止まった男を見上げた。しかし…。

「初めまして早乙女様。オーナーの東郷和司《とうごうかずし》です」

オーナーだって？

すっと頭を下げた男に、俺は内心眉を顰めた。

どういうことだろう。オーナーは木根という名の七十歳の男のはずだ。交代したという話は聞いていない。

しかしそれを問うのは躊躇《ためら》われた。ここは先輩刑事たちが潜入できなかったぐらいのクラブだ。なんらかの意図で公開している情報を操作している可能性もある。

ただ、俺が早乙女の息子かどうかを試すために、この男が嘘を言っている可能性も否定できないのだが…。

一瞬判断に迷ったものの、俺は東郷と名乗った男ににこりと笑みを返した。

「初めまして、早乙女の息子の皇紀です。いつも父がお世話になってます」

東郷はにこやかに「こちらこそ」と言いながら俺をソファーへと誘ってくる。

「お父様のご容態はいかがですか？」

「相変わらずです。父ももう歳ですから」

「そうですか…。早乙女様にはここをよくご利用いただきました。また顔を出していただけるのを楽しみにしているとお伝えください」

「ありがとうございます」

「それにしても…」

会話を続けながらソファーに腰を下ろし正面を向いたとき、東郷の視線とぶつかった。全身を舐《な》めるように俺を見ているのだと気付く。

「綺麗な顔だ。あなたはお母様似のようですね」

「えっ…。ええ、そうですね。私は父に似たほうが男らしくてよかったのですが…」

俺の正体を怪《あや》しみ始めたのだろうか?

いや、東郷の視線はそれとは違う気がする。品物でも物色している感じだった。

決して気持ちいいものではなかったが、動揺したり嫌な顔をして不信感を持たれるのは避《さ》けたい。

「それで、当クラブへの入会をご希望とか」

「はい、父からよいクラブだと常々聞いておりましたので…。私のような若輩者でも大丈夫でしょうか?」

「もちろん。あなたなら大歓迎だ」

躊躇《ちゅうちょ》なく頷いた東郷に、緊張していた俺はやっと肩の力を抜いた。

それを悟《さと》られてしまったのか、東郷はクスッと声を出して笑う。そこには不躾なものはもちろん、俺を疑っている感じもない。

先程のあの視線は気になるが、クラブへ潜り込む目標は達成できそうだ。

あとは安田の情報をどう引き出すかだが…。クラブへくる里村代議士と接触するべきか、従業員にそれとなく話を振ってみるべきか。いや、一本杉警部に、初日から深く食い込みすぎるとかえって警戒されることが多いと注意を受けている。今日は退《ひ》くべきか？

今後の展開について思案を巡らせているとき、ドアがノックされた。東郷が返事を返すと、銀色の盆にシャンパングラスを載せた若い従業員が入ってくる。

高級会員制クラブの従業員にはそぐわない、金に近いほどの茶髪で派手な印象の男だ。歳は東郷より少し若いだろうか。見た目はホストのようだった。

運ばれてきたグラスを二つ手にとった東郷が、左手を優雅に俺に差し出してきた。

その男とボーイの男は、俺の腰かけるソファーの後ろに、控《ひか》えるように立つ。

「これは？」

「歓迎のシャンパンです。当クラブに入会してくださった貴方に。シャンパンは嫌いですか？」

「いえ、いただきます」

ここは流れに任せるしかないだろう…と、俺はシャンパングラスを受け取った。

東郷は「乾杯」と軽くグラスを掲《かか》げ口づける。

俺もその琥珀《こはく》色の液体で喉を潤すと、強いアルコールと炭酸の刺激が胃に広がった。

デザートシャンパンだろうか。甘みが飲み慣れたそれに比べ強い気がするが、口当たりも後口も悪くない。

「当クラブ特製のシャンパンです。お口に合いましたか？」

「ええ、美味《おい》しいです」

「そうですか……。それはよかった」

すべてを飲み干した俺に、東郷は声を潜め唇の端を吊り上げた。

その意味深な態度にかすかに眉を顰める。

しかし感謝の意を伝えようと口を開こうとしたとき、頭の芯がぶれるような感覚を覚えた。

急な体の異変に戸惑いながらも何度か頭を振ってみると、今度ははっきりとした目眩《めまい》が襲ってくる。頭だけではなかった。呼吸までが苦しい。体も火照《ほて》り、発熱しているかのようだ。

今日は万全の体調で臨《のぞ》んだのに何故…。

そのとき、手に持ったままだったシャンパングラスが目に入った。

まさか…。

嫌な予感に視線を東郷に移した俺は、先程と同じ質問をせずにはいられなかった。

「これはなんですか」

「シャンパンですよ」

「本当に？」

「ええ、正真正銘のシャンパンです。ただし貴方の飲まれたそれは強力な媚薬《びやく》入りですが」

「媚薬って…」

東郷はまったく悪びれた様子もなくソファーに背を預け、俺を見据《みす》えてきた。すました表情は変わらないが、目に剣呑《けんのん》な笑みを浮かべている。

「何をそんなに驚いているんですか？　私は言ったはずですよ。当クラブの特製のシャンパンだと。あなたも美味しいと言ってくれたじゃないですか」

「そっ、それはあくまでも普通のシャンパンだと思ったからで…。こんないかがわしいものだと知っていたら…」

「知っていたら？　おかしなことを」

「えっ？」

「男という媚薬を求めて入会を希望しにきたのは貴方のはずだが？」

「……」

「どういう男がお好みですか？　希望するプレイがあれば伺いましょう」

この男は何を言っているのだろう。俺が男を求めてきた？　俺はただクラブに入会しに…。

「つまりそれって……」

戸惑いに漏れた声に返事はなかった。東郷は意味深な笑みを浮かべるだけだ。

その笑みがすべてを物語っている気がして、俺は暗い谷へ足を踏み外したような強い酩酊《めいてい》感を覚えた。

つまりここは…このアポロクラブの正体は高級売春宿だったというわけだ。

どうりでなかなか実態が摑めないはずだ。警察に提出されたあの名簿が本物かどうかはわからないが、そうだったとしても載っていた会員たちはいわば皆、後ろ暗いことをした共犯者。己の立場がまずくなるようなことを話すはずがない。それが地位も名誉もある人間ならなおのことだ。

だとすると、同性愛者である安田がここに出入りしていた可能性は濃厚になってくる。もしかすると消えた安田の情人はここの男娼《だんしょう》かもしれない。

だがどうやって安田の相手を探す？　やはりこのまま会員になるしか手はないのだろうか？

だがここの会員ということは…。

「っ……」

ゾクン…と急に湧き起こった痺《しび》れるような疼《うず》きに、俺はたまらず腰を跳ね上げた。疼きは螺《ら》旋《せん》を描くように下腹に広がっていく。

この状態ではまともに捜査できるはずがない。ここは焦《あせ》らず一度退くしかないだろう。

そう判断した俺はシャンパングラスをローテーブルに置いた。

「なるほど、そうとは知らず失礼を。随分興味深いクラブじゃないですか。入会できて光栄です。ですが、私はそちらの方面にはまだ経験がなく…」

「ほぉ、そうですか」

「ええ。申し訳ないですが、今日はここで失礼させていただきます。後日改めて楽しませていただきたい」

「……後日……ね……」

かすかに聞こえた揶揄《やゆ》するような東郷の呟きを耳に留めながらも、俺はソファーから立ち上がった。しかし思うように足に力が入らず、ぐらりと体が大きく揺れてしまう。すでに体が媚薬に冒《おか》されてしまっているようだ。

気が付くと両脇を二人の男に抱きかかえられていた。俺をここまで案内してきた体格のいいボーイとシャンパンを運んできた茶髪の男だ。

支えてくれたのだと思い礼を言って離れようとしたが、二人は俺の腕を離さない。強く腕を引いてみたが二人の力が緩むことはなかった。

背中に冷たいものが流れる。

東郷はシャンパングラスをローテーブルに置きソファーから立ち上がった。俺はあくまで客を演じたままの態度で目の前に立つ男を睨む。

「東郷さん、これはどういうことですか。失礼じゃないですか」

「どういうこと、ですか？　それはこちらのセリフだと存じますが、サオトメサマ……いや、警視庁捜査一課の雨宮塔也」

「！」

豹変《ひょうへん》した冷たい声色に俺は全身を硬直させた。

ばれていたなんて…最悪な状況だ。

しかし顔が引きつりそうになるのをこらえ、俺は首を傾げる。

「私は早乙女という名前で…」

「貴様が早乙女皇紀？　騙《かた》る相手を間違ったな。生憎《あいにく》早乙女老人は前オーナーのときから常連だった男だ。息子の皇紀を連れてきたこともある」

「！」

「奴は貴様とは似ても似つかぬ醜男《ぶおとこ》だぞ。それに貴様とは先日喫茶店で擦れ違っているしな。俺を見て顔を赤くしていたのを忘れたわけじゃないだろ？」

「っ」

伸びてきた東郷の手に乱暴に顎《あご》を摑まれ、俺は忌々《いまいま》しげに唇を嚙《か》んだ。

もう誤魔化すことは無理だ。この男が早乙女皇紀を知っていた時点で、いや喫茶店で出会ってしまった時点で、すでにこの作戦は失敗だったのだろう。

だが、最初から気付いていたのなら、何故俺の猿芝居に乗ったのだろう。何故他の刑事たちと同じようにフロントで門前払いしなかったのだろう。これではまるで俺を罠《わな》に嵌《は》めようとしていたかのようだ。

それに、おそらく秘密にしているであろうこのクラブの正体と己の顔を刑事である俺に明かして、媚薬まで飲ませて…。

「俺をどうするつもりだ」

その腹を探ろうと俺は冷静に問うた。東郷もまた冷たい表情のまま俺の顎を掴んだ指に力を加えてくる。加減のない強さで指が食い込む程だ。

「貴様にはそのうち会いに行こうと思っていたんだが…。まぁ、せっかく我がクラブにきたんだ。ゆっくりしていけばいい。ちょうど媚薬が全身に回ったころだろう?」

東郷は何を言っているのだろう?

「んっ」

東郷は俺の顎を掴んだまま、もう片方の手で俺の首筋を撫《な》で始めた。ただそれだけなのに…。媚薬に冒された体はゾクンと震えてしまう。

そんな自分に舌打ちをして唇を噛んで耐えようとするが、下腹を中心とした疼きは止まらない。首筋から鎖骨《さこつ》のあたりを何度も執拗《しつよう》に撫でられ、どうしようもなく体が熱くなってしまう。

だがこのままみっともない姿を晒《さら》すわけにはいかない。

「なるほど、これがアポロクラブ流の歓迎ってわけか」

皮肉を込めて呟いたつもりが息は完全に上がってしまっていた。しかし俺は精一杯東郷を睨み付ける。

「こんな手口…やくざと変わらないな。高級が聞いて呆《あき》れる」

「……」

「入会はキャンセルだ。俺は帰らせてもらうよ」

俺は拘束《こうそく》を振り解《ほど》こうとした。しかし男たちは離そうとしない。

「警察を舐めるな」

俺はボーイの足の甲を踵《かかと》で踏みつけた。そして男が体勢を崩した隙《すき》に手を振り払い足払いを食らわせると、茶髪の男に肘鉄を食らわせドアへと向かう。

しかしドアノブを摑もうとしたところを、背後から髪を鷲摑《わしづか》みにされた。東郷が摑んできたのだ。

「っ」

後ろに強く引かれ痛みに顔を歪《ゆが》める。東郷の手を外そうとしたがビクともしない。それどころか左肩を摑まれ、そのまま床にうつ伏せに叩き付けるように倒されてしまう。

「くっ！」

全身に衝撃と痛みが走った。とっさに顔は背《そむ》けて直撃を免《まぬか》れたものの、体は受け身を取ることができなかったのだ。

すぐに起き上がろうとしたが、茶髪の男に仰向けにされ馬乗りになられてしまう。押しのけようと振り上げた手もボーイに頭上で押さえつけられて…。

「なっ！」

ワイシャツを引き裂かんばかりの勢いで胸元を開かれた。

「やっ、やめろ！　何してるんだ！」

慌てて抵抗するが腕を掴まれ、馬乗りにもなられたこの状況では動くに動けない。力が……入らない。

急に動いて薬が完全に回ってしまったようだ。

「やめっ……ろっ……」

藻掻《もが》けば藻掻くほど、淫《みだ》らな熱が俺の体を冒していく。

俺の服をはぎ取っていく茶髪の男の指や、手首を掴むボーイの手にさえ、ゾクゾクと感じて体が震えてたまらない。意志と無関係に暴走していく体は自分のもののようには思えなかった。気を抜くと熱い吐息《といき》が漏れてしまうほど、体中がジンジンしていて…。

「くっ！」

ズボンを取り去られる感触に俺は顔を背けて唇を強く噛んだ。背を床につけたまま、足はＭ字に開かれ、左右それぞれ腿《もも》と脛《すね》を纏めて麻縄で縛《しば》られてしまう。足を伸ばすことさえできない。

胸元をはだけさせ、すでに張り裂けそうな程勃起《ぼっき》した性器も、その下の秘部も男たちに晒して…まさか自分がこんな格好をするなんて…。

ＡＶ女優のような男を煽る淫らな姿だった。今まで覚えたことがない場所に疼きが強くなり、後孔はヒクリヒクリと蠢《うごめ》き出している。

俺の前にしゃがみ込み、俺の秘部を覗き込むように見て、「すげっ」と呟きながら茶髪の男が揶揄するように口笛を吹いた。その男の後ろに東郷が立っている。

そのまるで傍観者のような冷めた目を、俺は怒りと羞恥《しゅうち》に赤くなったそれで睨み付けた。

「刑事の俺にこんなことをしていい度胸だな」

「刑事？　ああ、そうだった。貴様は一応刑事なんだな。あんまり仕事をしていないと聞いていたから、刑事という役職じゃないのかと思っていたよ。もっとも、ペニスを勃起させて凄《すご》まれても迫力なんてないがな」

「っ！」

ククッ…と東郷以外の男たちが蔑《さげす》むように笑い声を立てた。

何故こいつがそれを…。そう思うが今はどうしようもない程の怒りに言葉が見つからない。もし自分が刑事でなければ……殺してやる……だっただろうか。

「いい目だな。踏みつけてズタズタにしてやりたくなるほど真っ直ぐで、汚《けが》れを知らない純真な目だ。さぞかし可愛がられて育てられたんだろうな」

「触るなよ、変態」

片膝を床につき俺の頬《ほお》を撫でてきた東郷に、俺は唾《つば》を吐きかけた。一瞬その場がシンと静まり返る。

茶髪の男が俺の頬を殴《なぐ》ろうとしたが、東郷は「やめろ、大塚《おおつか》」とそれを制した。そして顔に吐きかけられた唾も拭かず、残忍な笑みを浮かべる。

「さっきのセリフはそのまま貴様に返してやろう。己の状況も省《かえり》みずいい度胸だ。だが、あの警視正の弟にしては少々行儀が悪いようだな。それとも本性のほうの顔が似ているのか」

「お前…」

やっぱり兄を知って…。

そう言おうとした言葉は声にならなかった。立ち上がった東郷が俺の股間《こかん》を踏みつけてきたのだ。

「いっ！」

綺麗に磨き上げられ塵《ちり》一つ付いていない黒い靴が、勃起した俺の性器をグイグイ嬲《なぶ》ってくる。敏感なそこをこんなに強く踏まれたら痛くてたまらない……はずなのに。媚薬で感覚がおかしくなっているのだろうか、感じやすくなった体は痛みすら快感に変換してしまう。まるでその刺激を待っていたかのように、膨《ふく》らんでいた性器は更に張り裂けそうな程膨らみ、先端に蜜《みつ》を滲ませてしまうのだ。

「やっ、やめろっ」

つま先で先端を嬲られ、踵で嚢を踏みにじられて…。

赤く腫《は》れたペニスが、黒い靴に翻弄《ほんろう》される。先走りが東郷の靴とペニスを繋《つな》ぐ銀の糸となっていた。ねっとりと切れそうで切れない細い糸で…。

その様に視覚からも犯されていく。

「触るっ……なっ……あっ、あぁっ！」

俺は感じたくないのに…。こんな仕打ち殺してやりたいほど嫌なのに。体がいうことをきかない。

「なんだ、随分気持ちよさそうだな」

「……」

嘲笑《あざわら》う東郷の声に俺は必死に首を横に振った。しかし膨らませた自身をブルブル震わせながら蜜を流していたのでは説得力がない。

東郷は体重をかけてペニスを踏みつけてくる。

「私を変態扱いしたくせに貴様はなんだ。縛られて、股間を踏みつけられて…。見てみろ、貴様の浅ましいペニスを。踏みつければ踏みつけるほど汁を垂《た》れ流してくるぞ。私のお気に入りの靴が汚れてしまった」

「ちがっ…うっ…俺は……感じてなんて……んぁっ……」

「だったらこの汁を止めてみろ」

「はうっ！」

東郷がつま先を、膨らんだ肉棒の先端にグイグイ押しつけてきた。小さな孔《あな》の中に入り込もうとするかのように強引だ。

ビクンと一瞬跳ねた俺の肉棒は更に激しく震え始め、鈴口から恥ずかしいほど蜜を滴《したた》らせて

いく。

「おいおい、また量が増えたじゃないか。止めるんじゃなかったのか？」

「っ……やっ……やめっ……ぁっ！」

「やめろ？　貴様のココはそうは言ってないようだがな」

「はっ……あっ……………あぁぁぁっ！」

強く執拗に靴のつま先の硬い部分を擦《こす》りつけられ、俺はたまらず自由にならない体を仰《の》け反《ぞ》らせた。

やむことのない刺激に、かろうじて保っていた理性が快感に呑まれてしまって…。

「はっ……っ……ぅっ、ぁっ、はぁっ、あっ、んっ────っっっっ！」

ビクビクッと大きく体を震わせ、俺は白濁を迸《ほとばし》らせてしまった。

踏みつけられたままの肉棒から放たれるねっとりとした飛沫《しぶき》が、俺の体を汚していく。俺は肩で息をしながら、ぎゅっとかたく目を閉じた。

「己のザーメンにまみれる気分はどうだ。雨宮塔也」

東郷は汚らわしいものを見るような目を向けてくる。

残った気力を振り絞り睨みつけると鼻で笑われた。

「度胸があるというか、馬鹿《ばか》というか。泣き叫《さけ》んで許しを請《こ》えば少しは可愛がってやる気にもなるものを」

「ぐっ」

股間から外された足が首に置かれた。俺の蜜で汚れた靴を拭くようにされる。

顔の周りに己の精液がついて気持ち悪い。

「くっ……っ……」

「さて。貴様はここへ何をしにきた」

「………」

「なんの目的で潜り込んでこようとしたんだと聞いてるんだ。俺が貴様に用事があったのは確かだが、お前が俺に用事とはな」

「さあ…な…っ…俺はただ会員になりにきただけ……だ……」

「……。本当に、貴様は随分いたぶりがいのある奴だ」

呆れたように呟きながらも、東郷の目は牙《きば》を隠して獲物に近づく野獣のように獰猛《どうもう》な光を宿《やど》していた。

無言で東郷が顎をしゃくると、大塚と呼ばれた男が俺の足下に回り、縛られたままの俺の膝《ひざ》を摑む。その手には男性器を模した紫色のバイブが握られていて…。

「さあ、美人の刑事さん。お楽しみの時間だぜ」

「！」

尻の割れ目に垂らされた液体と触れたゴムの感触に俺は硬直した。荒い息づかいをした大塚がバイブの先端で硬く閉ざしたままの蕾《つぼみ》をこじ開けてくる。

「いっっっっっっっっ!」

異物が侵入してくる恐怖と引き裂かれそうな痛みに俺は真っ青になって目を見開いた。大塚は体を強張《こわば》らせる俺に構わずバイブの先端を何度か出し入れしたかと思うと、一気に奥まで押し込んでくる。

「う!」

奥を突かれるグロテスクな感触に吐き気がした。必死にバイブを押し出そうとするが、強く差し込まれて思うとおりにならない。

「おいおい、こんな細いのさっさと呑み込めよ。これだからノンケの処女は面倒なんだよなっ……と!」

「ひっ!」

大きさに慣れる間も与えられず、バイブが律動を始めた。

「くっ………ぁっ……」

引き抜かれては、奥まで差し込まれ…。クチュ、クチュと淫らな水音を立てながら、男性器型のオモチャは何度も何度も俺の秘部を凌辱《りょうじょく》していく。

「っ………ぁっ………んっ……」

バイブの律動は更に大胆さを増し、俺を突き上げてきた。

媚薬のせいだろうか、強張っていたはずの尻の窄《すぼ》まりがいつしかバイブを呑み込み始めてしまう。

「お、滑りよくなってきたじゃん。初めてのくせに慣れんの、早ぇ〜な」

「んっ………ぁっ……っ……」

「しかもこんなにアナル真っ赤に膨らませちゃって。あんた素質あるんじゃねぇの？　ねぇ、オーナー」

「っ！」

意識に靄《もや》がかかり始めていた俺は、大塚のセリフに意識を浮上させられた。

大塚の後ろに立ち、傍観者を気取っていた東郷に目を向けると、蔑むような眼差《まなざ》しでただ唇の端を吊り上げている。

こんな屈辱…気絶できたらどんなに楽だろう。

だが媚薬に冒され、いかがわしいオモチャを呑み込んだ体は貪欲《どんよく》に快楽を貪《むさぼ》ろうとしてしまう。もっともっと…と奥までの刺激を求め始めていて…。

「あぁぁっ！」

不意にたまらない程の快感が走り、俺は嬌声《きょうせい》を上げてしまった。軽く立ち上がっただけだった俺の竿はあっと言う間に膨れ上がりビクビクと震えている。

何が起こったのかわからなかった。

そんな俺を東郷は鼻で笑い、大塚は「へぇ～」と小鼻を膨らませる。

「あんた、ここがいいんだ」

「やっ、あっ、あっ、やぁぁぁっ！」

目標を定めたバイブが壁を強く擦ってきた。先程と同じきつすぎる快感が走り抜ける。ゾクゾクとしてたまらないそれに、俺は陸に上げられた魚のように体を跳ねさせてしまう。

大塚はバイブの先でソコばかりを突き始めた。

「ほら、好きなんだろ、ココ。擦ってやるぜ」

「あっ、やっ、やめっ、あぁっ、やめろっ！」

こんなの屈辱でしかないのに…。感じたくないのに…。

自分の体がどうしようもない程高ぶっていく。

何度も何度も執拗に壁を擦られ、肉棒の先端の割れ目には再び蜜が滲んでいた。

「はぁっ……あぁっ……」

漏れる吐息が熱くて、睨んでいるはずの目は潤み、気持ちいいとしか思えなくなってきて…。

イきたい……体中がそう叫び出す。しかし…。

「大塚。そいつの根元を縛れ」

「ひぃっ！」

はじめから用意されていたのか、ゴム状のコックリングで肉棒の根元を締め付けられた。

「あっ……あぁっ……」

もうイきそうだったのに……こんなことをされたら…。

つらくて脳を掻き回されるかのようだ。

「くそっ……やめっ……ろっ。取って……くれっ……」

俺は必死にコックリングに手を伸ばそうとしたが、頭上で纏められた手は動くことを許されなかった。その間にも根元で快感を塞《せ》き止められた肉棒は苦しそうに赤くなっていく。

俺を見下ろしていた東郷がリモコンを見せつけるようにボタンに手をかけて…。

「ひぁぁぁぁっっ！」

突然今までとは違う動きをし始めたバイブに、俺は首を打ち振った。体の中を犯すそれは右に左に動きながら火照る内壁を擦ってくる。東郷がバイブレーターのスイッチを入れたのだ。

「は……あっ、あぁぁ……あぁぁぁぁっっ！」

激しいその振動に俺は体をくねらせ身悶《みもだ》え続ける。はち切れそうなほど膨らんだ肉棒の先端からはひっきりなしに蜜が漏れ出していたが、リングが邪魔してイくことができない。たらりたらりと少しずつ吐き出すだけで精一杯だった。

苦しくて……イきたくて……イきたくて…。

呼吸が止まりそうになる。

「もう……もう…やめて……やめて……くれ……」

再びピストン運動に変わったバイブの振動に、俺は哀願せずにはいられなかった。

大塚が「たまらねぇ」と呟きながら己のズボンに手をかける。

しかし東郷が手でそれを制した。そして驚いている大塚にリモコンのスイッチを渡すと、入れ替わるように俺の上に四つん這いになって覆《おお》い被《かぶ》さってくる。

「やめてほしいか?」

誘うようなその声色に俺は夢中で頷いた。すると思いがけず「いいだろう」と呟いた東郷は一気にバイブを抜き去る。

しかしそれは一瞬だけの解放だった。開かれたままの足は更に大きく広げられ、熱く硬いものがヒクつく俺の秘部に当てられる。

その感触はバイブと似ているが、それよりも熱く大きい。

まさか…。

「ほら、お望みのモノだ」

「いっつ――――――っっっ!」

東郷が己の肉棒を押し入れてきた。

「あっ……あぁっ……」

バイブとは比べものにならない質量のそれは、悲鳴を上げる襞《ひだ》を押し分け、奥へ奥へと傍若《ぼうじゃく》無人《ぶじん》に進んでくる。

こんな大きいのは無理だ、入らない。そのはずなのに……。バイブで解《ほぐ》された窄まりは大きな東郷をじわりじわりと呑み込んでいく。

「凄い締めつけだな。男に食らいついて離さない淫乱《いんらん》なアナルだ」

「はぁっ！」

最奥を突かれ、ゾクンと快感が弾けた。ビクンと体を震わせて根元を締められたままの肉棒から必死に蜜を漏らす俺を嘲笑うかのように、東郷は硬い己の先端で執拗に俺の奥を弄ってくる。

「まるで女のように孔をぐちゃぐちゃにして男を呑み込んで喘《あえ》いで……快感に貪欲なのは兄貴譲りだな。いい様だ。ほら、ここが好きなんだろ？」

「あっ、やっ……やめて……あぁっ！」

グリグリと先端を一番感じる部分に擦りつけられ、俺は東郷が何を言ったのかもわからず仰け反った。

ただでさえイきたくて苦しいのに、こんな熱いもので弄られたらおかしくなってしまう。

解放を待ち続ける俺の性器はすっかり赤黒くなってブルブル震え続けていた。

「はぁっ……あっ……んんっ……あぁっ……」

もう耐えられない。

「お願いだから……もう……やめて……くれ……もう……イかせて……」

恥も外聞もなく涙を流しながら哀願すると、東郷の目が鋭い光を発した。

「だったらここにきた目的を言ってもらおうか」

「！」

一瞬躊躇ったものの爆発寸前のペニスを強く握られ、俺は頷かずにはいられなかった。どうせ刑事なのはバレている、そんな言い訳を頭に過《よ》ぎらせながら己の弱さに流されてしまって…。

東郷が肉棒を擦りつけながらではあるが、かすかにコックリングを弛《ゆる》めた。

「どうした、言うんだろ。それともずっとこのままがいいか？」

「うっ……」

絶えず襲ってくる快感に気を失いそうになりながらも、俺はなんとか唇を開く。

「ある人物が……先日変死した男が……んっ…このクラブの会員だった……ぁっ…って情報があって……」

「変死した男？」

東郷が訝しげに眉を寄せた。すぐに「里村の秘書か…」と呟いたものの、その表情はまだ合点がいかないという顔だ。

「そういえばうるさく刑事たちがきてたな。里村の秘書を探りにきていたのか」

「っ……はぁっ……」

「それで？　そいつとここの繋がりを調べてどうする？」

「それは…」

情人を追っている。

そう言おうとしたとき、突然大塚が俺の顔を跨《また》ぎ腰を下ろしてきた。そして、ずらしたズボンから怒張《どちょう》した肉棒を取り出し、俺の口の中に押し込んでくる。

「ぐぅっっ！」

喉の奥を突かれ、俺は吐き気に襲われた。しかし顎を強く摑まれ、顔を背けることも押し込まれた肉棒に噛みつくこともできない。

「オーナー。話長すぎですよ。俺もうイきたいんっすけど」

「うっっ……んっ……んんっっ！」

己の肉棒を出し入れし始めた大塚に東郷は何か考えているように黙っていた。しかしすぐにフッ…とかすかな笑い声が聞こえてくる。

「聞いても仕方がないことだったな。どうせ打ち切りになる捜査だ」

「！」

「それに俺には貴様が刑事だろうとなんだろうと関係ない。俺の用は別件だ。貴様がこうしてやってきたんだ。ちょうどいい」

「……」

この男は何を言ってるんだろう。用ってなんなんだ？

快感に流されかかる意識を必死で繋ぎ留めながらその呟きの意味を探ろうとするが、大塚が邪魔で東郷がどんな顔をしているのか見えない。その間にも口腔《こうこう》を凌辱する大塚の腰の動きが大胆になってくる。

「んんっ！」

東郷が己の肉棒を出し入れし始めた。激しい律動だ。

「んっ……んっ………んっ………んっ………」

一気に突き上げられては、壁に己を擦りつけるように引き抜かれ、また奥まで一気に突き上げられる。

「んんっ、んんんっっ！」

的確に感じるところばかり突かれて、俺はたまらない快感とひっきりなしに続く射精感に翻弄され始めていた。しかしどんなに感じても解放されぬままのペニスではイくことはできない。口まで男の肉棒で塞《ふさ》がれ息をすることもままならないのだ。

質問に答えたのに…。イけると……これで終わりだと思ったのに…。

「ふっ、んんっ！　………げほっっ！」

頭上で大塚が大きく身震いすると、どろりとしたものが口の中に放たれた。精液特有の青臭さがおぞましくて噎《む》せ返る。

そんな俺を嘲笑うように東郷は更に律動を速めてきた。

「どうだ。屈辱の味は？」

「くっ……そっ……った……れ……」

口を開くたび大塚の精液が端から溢《あふ》れてくる。俺は顔を横にして、床に精液を吐き出した。

「馬鹿なやつだ。その生意気な目を二度と俺に向けられないように、プライドをズタズタに引き裂いてやろう」

「あぁっ！」

最奥を勢いよく突き上げられ、俺は仰け反った。

「あっ……はっ……あっ……あぁっ……」

意識が霞《かす》んでくる。東郷の肉棒を咥《くわ》え続ける蕾は痺れ、悲鳴をあげるようにクチュクチュと淫らな水音を立て続けていた。

つらいのか、気持ちいいのか。悔しいのか、縋《すが》りたいのか。

朦朧《もうろう》とした意識の中、自分が何を口走っているのかすらわからなくて……。

「はぁっ……あっ……あっ……もうっ……許してっ……あっぁあっ！」

「………」

「もう……ぁっ……ぁあっ……もう……イかせて……くれ！」

東郷が薄く笑んだ。そしてありえない形に膨らんだ俺のペニスの根元に指を伸ばす。

「いいだろう。イかせてやる。絶望を味わうがいい」

「んっ、あっ、あっ、ひぃぁぁぁぁぁ――――――っっっっ！」

コックリングを取り去られた俺は、ビクビクと痙攣《けいれん》しながら溜まった欲望の白濁を迸らせてしまった。白濁の飛沫が体中に飛び散っていく。

かすかに体を震わせた東郷が俺の中で弾けた。ドクドクと熱い精液が俺の中に流し込まれる。まるで所有印を付けるかのようにだ。

しかし東郷はすぐに俺の腰を摑み、再び己の肉棒を動かし始める。

「壊してやる」

「……」

「この世に絶望しか感じないように壊し尽くしてやる。お前の体も……心もな」

冷たくギラつくその目を遠くに感じながら、俺は意識を失った。

◇◆◇

どうやって帰ってきたのだろう。覚えていない。気が付くと自分の家の自室に立っていた。置き時計の針は朝の十時を指している。父と下の兄は病院に、謙一兄も警視庁に出勤したのだろう、家には誰の気配もなかった。

「とっくに遅刻だな」

頭には霞がかかったようだった。自室を出て、バスルームに入り洗面台の前でボロボロになった服を脱ぎ捨てる。そのまま浴室に入ろうとして鏡に映った己の姿に、曖昧になっていた記憶が一気に蘇《よみがえ》ってきた。

「っ！」

悔しさと怒りと情けなさに言葉が声にならなかった。よろりと壁に寄りかかると凌辱の痕《あと》を知らしめるように漏れ出した男の白濁が太股《ふともも》を流れ落ちていく。

たまらず浴室に飛び込み、シャワーの冷水を頭から浴びながら、乾いた精液が張り付く体を痛い程擦り続けた。

「くそっ、くそっ！」

どうしてこんなことになってしまったのだろう。

難しい仕事であることはわかっていた。それを引き受けたことは後悔していない。

だがこんなこと…。男に好き勝手に犯されただけなんて。

アポロホテルで東郷に犯され気絶し、気付いたとき、俺はオーナー室の床に一人放置されていた。足の拘束は解かれていたが、下半身は剝《む》き出しのまま、体の至る所に記憶にない男たちの欲望の痕までこびり付いていた、見るも無惨な姿でだ。

鉛《なまり》のように重い体を引きずりながら部屋をあとにした。ホテルを出るまで誰にも会うことはなかったのが唯一の救いだろうか。

凌辱されている間中、感じた東郷の視線は恨みに溢れた冷たいものだった。

何故あんな目で俺を見ていたのだろう？　俺に恨みがあるのか？　ただ単に刑事が憎いのか？

わかるはずがない。はっきりしていることはあいつを許さないという己の感情だけだ。

「東郷和司……アポロクラブ……絶対化《ば》けの皮を剝《は》がしてやる」

ドンッと強く浴室の壁を叩いた俺は、シャワーの水の勢いを強め、擦りすぎて真っ赤になっている肌を執拗に洗い続けた。

一時間後。重い体を叱咤《しった》して警視庁へ向かった俺は、会うなり一本杉警部の口から告げられた命令に目眩を覚えた。

「中止ってどういうことですか」

かろうじて踏ん張っている足から力が抜けそうになる。

一本杉警部は椅子《いす》に腰かけたまま短く溜息をついた。

「『アポロクラブに関する捜査は今後一切中止しろ』それが上からの命令だ。大方、どこからか圧力がかかったんだろうよ」

「圧力…ですか」

記憶から『捜査が打ち切りになる』と言った東郷の言葉が蘇ってくる。

「ああ、あそこの面子《メンツ》の凄さは会員名簿を見てわかってるだろ。すでに二回失敗していたしな、今回の潜入がばれりゃこうなることは覚悟してたよ」

平気な素振りをしながらも一本杉警部の声には悔しさが滲んでいた。先輩たちも落胆《らくたん》した色が隠せない。そんな彼らに俺は何も言えず、ただ視線を逸らした。

ばれたら……つまり俺が潜入に失敗したのが直接の原因ということだ。俺が気絶している間に東郷が手を回し、会員の誰か…政治家あたりから上層部に圧力をかけたのだろう。

まだ殺害された安田についての情報は何一つ手に入れていないのに、俺の失態で捜査中止だなんて…。

「お前の初仕事だったのに悪いな」

「待ってください。まだ中止は早いと思います」

ポンと俺の肩を叩き部屋を出て行こうとした一本杉警部を、俺は呼び止めた。警部は困った顔で振り向く。

「そう言われてもなぁ。上が決めたことだ。逆らえん。お前も初仕事で張りきってただろうが、まぁ次回がある」

「そうじゃありません。いえ、もちろん自分の失敗を巻き返したいという気持ちはありますが、警部の言ったとおりあそこはきな臭い。捜査は続けるべきです」

「……何か摑んだのか？」

一本杉警部の目が鋭くなった。周囲にも張りつめた空気が流れる。しかし、「はい」と頷きそうになった俺は、それに続ける言葉を考え、口を噤んでしまった。

アポロホテルが男同士の売春宿だということ。だから同性愛者だった安田の情人がアポロクラブの男娼かもしれない可能性があること。

だが、どうやってそれを確認したといえばいいのだろう。何かを見たわけではない。東郷がそう言っただけだ。

昨日シャンパンに混入された媚薬。あれは確実に違法ドラッグだった。それに俺に対する傷害罪でも東郷を引っ張ることも可能だろう。だが、それらを明かすということは昨日行われた行為も報告しなくてはいけないことになるのだ。

媚薬に酔《よ》わされ男に犯された刑事なんて、笑い者以外の何ものでもない。

当然兄の耳にも入るだろう。そうなれば……考えただけで息が詰まりそうだ。

暫《しばら》く唇を噛んでいた俺は「いえ」と静かに首を振った。

どこからともなく落胆した溜息が聞こえてくる。俺は再び「でも…」と呟いた。

「あのクラブのオーナーが俺たちが調べていた人物と違うことは摑みました」

「そうか。だがそれだけじゃな…」

「しかし警部」

「雨宮、お前の初仕事の報告をゆっくり聞いてやりたいところだが、俺は今、上に呼ばれててな」

「！」

「どうせ報告もなく捜査したお叱《しか》りだろう。あとのことは報告書にでも書いておいてくれ」

「……」

「悔いは残ると思うが今回は諦めてくれな。お前も組織の一部だ」

再び背中を向け歩き出した一本杉警部に、俺は頷くことはできなかった。

それぞれのかかえている事件に戻る刑事たち。ざわめきを取り戻した部屋に一人立ちつくし、てのひらを強く握ると忘れていた屈辱の痛みとともに東郷の蔑む瞳が蘇ってくる。

「諦められるわけがない」

あんな辱《はずか》しめを受けたのだ。何より明らかに東郷が手を回した結果とわかる命令を認めたくはなかった。

そう思うといても立ってもいられず俺は踵を返し歩き始めた。「どこに行くんだ？」と先輩が声をかけてきたが答えず、今きたばかりの廊下を戻り始める。しかし…。

「塔也」

不意に背後から聞こえてきた声にギクリとした。ゆっくり振り返ると制服姿の兄が立っている。刑事たちは兄に会釈《えしゃく》をしながら通りすぎていった。

兄は俺に関わることでなければいつも冷静で威厳《いげん》のある男なのだ。部下からの信望も厚い。

「昨日はどこに行ってたんだ」

足早に近づいてきた兄は厳しい表情を浮かべていた。今回の中止命令は兄経由の妨害ではない。俺が捜査に参加していたこともまだ知らないのだろう。

「……。友達の所です。偶然会って盛り上がってしまって、そのままそいつの家で寝てしまったので」

「いつの友人だ。誰だ。男か？」

「大学時代の……兄さんの……知らない男です」

もしかしたらそのうちばれるかもしれないが、今は兄に捕まっている場合ではない。

焦りを隠すように視線を逸らすと、目の前で立ちはだかった兄に突然平手打ちを食らった。

廊下にいた警官たちが驚いているのが目に入る。

「即刻そいつとは縁を切れ。二度と会うのは許さない。もちろん外泊もだ」

「……」

「返事は」

あんなつらい目にあっていたのに…。どうして俺が殴られなくてはならないのだろう。それも友人宅への無断外泊ぐらいでだ。

湧き上がってくる理不尽《りふじん》さに俺は唇を噛まずにはいられなかった。しかし、長年の習性で「嫌です」という言葉が喉から出てこない。

視線を床に落としたままただ頷くと、兄は少し赤くなった頬に優しく手を添えてきた。

「あまり心配させないでくれ」

「すみません」

「塔也はいつも私の側にいればいいんだ。生活も友人も恋人も私がお前に相応《ふさわ》しいものを与えてやる」

「……」

「ほら、外泊なんてするから顔色が悪い。一本杉には私から規定時間どおり帰すよう言っておくから、今日は早く帰りなさい。それから昨日会った友人の連絡先は破棄《はき》するように。あとで確認するから。いいね」

「………。すみません兄さん。急いでるので」

じっと見つめてくる兄に軽く会釈した俺は、その視線から逃げるように背を向けて急いで歩き出した。兄が俺の姿を追っているのがわかる。

執拗なその視線に、溜息が出るのを止めることができなかった。

『生活も友人も恋人も私がお前に相応しいものを与えてやる』

ずっと言われてきたことだが、兄の俺への支配はおかしいと思う。

俺が昨日何をされたのか知らないくせに……。

そう思うのは俺の八つ当たりだ。しかし兄の知らない秘密を持てたのだと思うと、おかしなことに兄の束縛《そくばく》から少し離れられた気がして、歪んだ勝利感のようなものを感じるのも確かだった。

兄からの独立……そのためにも今回の事件は諦められない。このチャンスを逃せばいつまた雑用以外の仕事が回ってくるかわからないのだ。

俺は一人前なんだと兄に知らしめるためにも、失敗を挽回《ばんかい》して安田の事件に有益な情報を摑まなくては…。そしてアポロクラブが売春組織であることを明かし、東郷を窮地《きゅうち》に追いやってやる。

体のつらさも忘れ、次第に歩みは速いものとなっていた。

アポロホテルの前で立ち止まった俺は、二度と見たくもなかったそのビルを険しい表情で見上げる。何か策があるわけではなかったが、ここにこずにはいられなかった。

東郷和司……まずは奴のことを探らなくては駄目だ。奴は俺に何か含みを持っている。それを知らずに飛び込むとまた昨日のようにあしらわれかねない。

だが、簡単に尻尾を摑ませてくれるような男でないことは痛い程わかっていた。

奴は何者なのだろう。このホテル以外、俺は奴に繋がる手がかりを知らない。

「それとも免許証から現住所を調べて聞き込むか。それで奴の知り合いでもわかれば……」

東郷は兄を知っていた。喫茶店での様子では兄も東郷を知っているようだったし、兄に聞けば何かわかるのだろうか？

だが、今回の件は……今回だけは何があろうと兄の手を借りたくない。

ホテルの駐車場に入り東郷の車を探そうかとも思ったが、防犯カメラに映らず駐車場に入ることは不可能そうだ。

「やっぱり地道に調べるしかなさそうだな」

忌々しげに呟き署に戻ろうとしたとき、駐車場から車が出てくる音が聞こえてきた。

ここから出てくるならアポロクラブの会員だろう。運がよければ東郷かもしれない。

そう思った俺はスモークが貼《は》られていない後部座席に目を凝《こ》らした。しかし車は駐車場を出たところで停車する。

「君はもしや」

窓を開け顔を出したのは六十代と思われるスーツ姿の中年男だった。その優雅な口調からそれなりの地位の男だろうと推測される。しかし何故俺を知っている？

記憶にないその顔に俺は眉を顰めた。男は舐め回すようないやらしい目を俺に向けてくる。それは俺が東郷に凌辱されるのを眺めていた大塚たちと似たもので…。

「君、いい声で泣くねぇ」

「……泣く？」

「あのM字も最高だったよ。こうして見ても顔も体も申しぶんないねぇ…。東郷君には次、君をいつもの倍で指名すると言っておいたから。私にも生の君の嬌声を聞かせてくれたまえ」

「！」

俺は目を見開いた。呆然《ぼうぜん》とその場に立ちつくす俺ににやつきながら男は窓を閉め、車は去っていく。

何故あの男が、俺が東郷に凌辱されたことを知っているのだろう。しかもその内容まで語れるのだろう。それはつまり…。

「あいつか…」

真っ青になった俺は、つい今「地道に」などと考えていたことも忘れて弾かれたようにドアに向かって走り出した。

フロントには昨日と同じ男がいたが、今日は俺を止めようとしてこなかった。訝しげに思いながらもエレベーターへ飛び乗り、オーナー室へ向かう。

そして重厚な扉を開いた次の瞬間、俺は我が目を疑った。窓辺に大型のスクリーンが置かれ、昨日の悪夢が映し出されていたのだ。

『はぁっ……あっ……あっ……もうっ……許してっ……あっぁぁっ！』

「止めろっ！」

男の肉棒を深々と咥え込み、恥ずかしげもなく嬌声を上げる己の姿に、俺は叫ばずにはいられなかった。

その映像も声も止められることはなく、むしろ嬌声は更に大きく部屋中に響き渡る。ソファーに優雅に腰かけている東郷が、わざと大きくしたのだ。

『あっ、あっ、あぁっ！』

「東郷！」

俺は東郷に近寄り、その手にあるリモコンに手を伸ばした。

意外にもあっさりと渡され、羞恥に震える指でボタンに指をかける。しかし、悪夢を消そうとしたその指の動きは、放たれた東郷の言葉に阻まれた。

「これを消したところで無駄だぞ。この映像はＶＩＰ客に見せたあとだ」

「なっ……に……」

「大塚の言っていたとおり、貴様は素質があるようだ。客の評判も上々で彼らは是非買いたいそうだぞ。よかったな、貴様はもう立派なここの男娼だ」

「！」

あまりの言われように、取り上げたばかりのリモコンが手から滑り落ちてしまった。よろりと後ずさると、東郷がソファーから立ち上がってくる。

逃れるように俺は更に後ずさった。

まさかとは思ったが、やはり昨日の暴行を撮られていたのだ。しかもその映像を客に見せて、俺を売るなんて…。

激しい羞恥と絶望に目眩がする。

気が付くと太股の後ろに東郷のデスクが当たっていた。東郷はゆっくりと距離を縮め、俺の体を挟《はさ》み込むように己のデスクに両手をつき、覆い被さってくる。

「さて、相手はどうする？　日本人のサド医者にするか、イギリス人の変態外交官か…。ああ、ハーレムで飼いたいっていうアラブの石油王もいたな。それとも……俺に飼われるか」

「お前に……だと？」

「ああそうだ。俺に飼われて男娼のように体を開け」

「なっ、冗談じゃない！　誰がお前になんて…」

「そうか。俺に飼われるのなら、この映像を雨宮謙一に送るのはやめようと思ったんだが、残念だな」

「！」

不敵な笑みを浮かべた東郷に俺は全身を強張らせた。

「可愛い弟が男に犯されたのを知ったら貴様の兄はどんな顔をするのか。見ものだと思わないか？」

「……なんでだ。何故兄に。お前は誰なんだ？」

「東郷和司。ここのホテルのオーナーだ」

「そんなことを聞いてるんじゃない。どうして兄を巻き込むかを聞いてるんだ。そもそもどうして俺なんだ。俺に…俺たちになんの恨みがあるんだ」

俺の言葉に東郷の眼光が鋭さを増した。しかしすぐに再び残忍な表情に戻る。

「愚問だな。ただ楽しいから、だ」

「楽しいからだと……ただ楽しいから、ふざけるな！」

俺は目の前の東郷の胸倉を摑んだ。東郷はされるがまま平然と俺を見つめ返してくる。

「ふざけてるかどうか試してみるか？　俺が今ここで防犯カメラに合図を送れば、モニター室で監視している者から雨宮謙一にこの映像が送られることになっている」

「！」

「送り先は奴の職場と自宅のパソコン。ご希望ならＤＶＤにして郵送もしてやるぞ」

「東郷、お前……」

「さて、どうする雨宮塔也。男たちの慰《なぐさ》みものになり兄に痴態《ちたい》を晒すか、それともこの俺に飼われるか。もっとも、お前に選択の余地などないだろうがな」

東郷の胸倉を摑んだ手が怒りに震えた。

こんな男に飼われるなんて冗談ではない。もちろん男たちに買われることもだ。今すぐこの男を逮捕して二度と世間に顔向けできないようにしてやりたい。でも…。

この男のことだ。俺が下手《へた》なことをすれば兄だけでなく警視庁幹部やネットに流すなんてことも考えられる。間違いなく俺は刑事ではいられないばかりか一生の笑い者だ。

そもそも俺はここに何をしにきたんだ？

失敗を挽回するためには俺はどうすればいい？

どうせ東郷とホテルを探らなければいけないんだ。女ではないんだし、たいしたことじゃない。だったらいっそのこと…。

「っ…」

東郷が俺のネクタイを解き、ワイシャツのボタンを外し始めた。俺はやめさせようと手を動かしたものの、その手に握り拳《こぶし》を作る。

それを合意ととった東郷が満足げに唇の端を吊り上げた。そして俺からワイシャツを奪い上半身を裸にさせ「あれを」と呟く。

俺が入ってきたときは誰もいなかったが、ドアの前で控えていたのだろう。すぐさまノック音が響き、昨日俺の凌辱に加わったボーイが現れた。その手には大きな首輪が握られている。

黒い革製の首輪に頑丈《がんじょう》な鎖《くさり》のリードが付けられた代物だ。

嫌な予感に俺はそれから目が離せなかった。

「なんだ、それは。まさか…」

「ペットには首輪は必需品だ。特に躾の必要な男娼にはな」

「冗談じゃ…」

どこまで俺を貶めれば気がすむのだろう。

我慢できないその屈辱に俺は抵抗しようとしたが、ボーイに羽交《はが》い締《じ》めにされてしまう。そして首に首輪が巻かれ、強く締め付けられた。

「くっ！」

喉仏を圧迫されて咳《せ》き込まずにはいられない。

東郷は首輪からのびる鎖の端を持ち、数歩離れた場所で腕を組んだ。

俺は上半身裸でその場に立たされる。首には首輪付きでだ。

「さて、雨宮塔也。早速そこでマスをかいてもらおうか」

「なんで俺がそんな……っ！」

淡々とした東郷の声に口を開いたとたん鎖が強く引かれ、俺はつんのめるように両手両肘を床についてしまった。まるで犬のようにだ。

「もう一度だけ言う。全裸になって机の上に座り、足を上げて自慰しろ」

「……」

「お前は俺に飼われたんだろ」

頭上から降り注ぐ命令に俺は奥歯を噛み締める。しかし荒立った感情を抑え立ち上がった。

そしてズボンを下ろし、潔《いさぎよ》く下着を脱ぎ去る。

股間は心細げに萎《な》えていた。

東郷は自分で命令しておきながら、面白いものでも見るような顔をしている。

「くそっ……」

半《なか》ばやけくそ気味に下がって尻を机に当てた俺は、片足を机に乗せ己の肉棒に手を伸ばした。

「んっ……」

皺だらけのそれをゆるゆると扱《しご》くと快感が否応なく湧き上がってくる。

こんなことなんでもない。捜査のため……認めてもらうためだ。

そう言い聞かせながらも、俺は絶望の淵から奈落へ落ちていくのを感じずにはいられなかった。

「はっ……あっ……んっ……あっ、あぁっ！」

一気に奥まで押し入ってきた硬い肉棒に、俺は嬌声を漏らした。すぐにはっとしてだらしなく開いてしまった唇を閉じるが、奥に留《とど》まったままの滾《たぎ》りに敏感になった柔らかな壁を刺激され続けているこの状態では、それもすぐに意味をなさなくなってしまう。

もうどのぐらいこうしているだろう。

昼間だというのにカーテンが閉めきられた薄暗い部屋で、俺はベッドに仰向けに横たわった東郷の上に全裸で馬乗りになっていた。己が漏らした液でぐっしょり濡《ぬ》れた尻の窄まりは、勃起した東郷の肉棒に深々と貫かれている。

騎乗位で俺をイかせろ……と、東郷に命令されたのだ。

ぐずぐずしていたら首輪をつけられ無理矢理従わされた。

それならさっさとイかせて終わりにしようとしたのに…。東郷は一向にイく気配がない。逆に何度もイかされて、俺は一人みっともなく喘ぎ続けている。

「んっ……あっ……」

鍛えられた東郷の腹筋に手を置いた俺は、震える己の腰を少し持ち上げた。そして勃起した東郷の凶器を締めつけながら揺らしてみるが、笠で擦られる快感に腰が震えて上手くできない。

必死に揺らしても揺らしても、ゾクゾクと湧き上がってくる耐《た》え難《がた》いほどの気持ちよさに、すっかり勃起した俺の肉棒の先端から恥ずかしい蜜が漏れてくるだけだ。

「どうした、いつまで待たせるつもりだ。こんな温《ぬる》い愛撫《あいぶ》でイけるわけないだろ」

「あっ、あぁぁぁっ！」

俺の腰を摑んだ東郷が激しく突き上げてきた。自分で加減するのとは違う、容赦《ようしゃ》のない刺激に鈴口からプクッ…と盛り上がっていた蜜がこぼれ落ちる。

しかし与えられる快感に身を委《ゆだ》ねようとしたとたん、東郷はまた動くのを止めてしまった。

「動け……よっ……」

俺は中の肉棒を必死で締めつけたが、東郷はまったく動こうとしない。己の体の上で喘ぎ続ける俺の様子を満足げに眺め、汗一つかかず傍観者を気取っている。俺がよがり苦しみ、泣いて縋るのを待っているのだ。

そんな奴の思いどおりになんてなりたくない。

なのに……快感を植え付けられた体は、俺の意志に反して東郷の意に従ってしまって…。

東郷に飼われて今日で二週間。俺は毎日のように東郷に抱かれている。飼われているといっても犬猫のように部屋に繋がれているわけではなく、毎日出勤はしていた。しかし時間に関係なく呼び出されては、このオーナー室の隣にあるベッドルームで長時間弄《もてあそ》ばれ続けるのだ。

ときには体力気力ともに奪われ失神してしまい、ここから出勤する日もある。三係のみんな

は自分のかかえる事件に追われているせいか、または俺がまた兄に呼び出されて席を外していると思っているのか、特に気にした様子はなかった。

だが、こうして抱かれながらも俺は捜査を諦めたわけではない。安田の情報を得るべく、オーナー室にくる男娼たちの容姿と名前を頭に叩き込んでいた。仕事の報告をする義務があるようで、結構男娼たちがこの部屋を訪れるのだ。本名かどうかはわからないが、フルネームを知ることができた者に関しては免許証のデータにアクセスしようと思っている。まだ叶《かな》っていないが、オーナー室以外のフロアも調べてみるつもりだ。

そして、男娼同士の会話や、別室にいる傀儡《かいらい》のオーナーと東郷の会話などから、東郷の素性も少しずつ摑めてきた。東郷はどうせ俺には何もできないと高《たか》を括《くく》っているのだろう。その隙をついて俺はここで得た情報を元に奴の過去を調べる、ということを繰り返している。

東郷和司、三十歳。都内の有名私立大学を卒業後、元外務省高官で前オーナーだった父親からこの事業を引き継いだらしい。木根寿明という傀儡のオーナーも事実存在しており、男娼の館である実態は一切明らかにされていない。

客は勝手にホテル内を歩き回れないシステムが取られているようだった。安田がここの男娼と関係があったなら、里村の相手をした男娼という可能性が高いように思う。だが、里村がどの男娼を買っているのかなどはわからない。それらの重要なデータは東郷がいつも仕事で使っているノートパソコンに入っているのかもしれないが、さすがにそこにはまだ手が出せていなかった。

東郷の家族は父親のみだ。母親は幼いころに離婚している。調べた限り没交渉らしい。そして弟が一人。だがその弟は五年前、入院していた病院から飛び降り自殺を図っている。

気になるのは、東郷は当初父親からこの事業を継ぐのを嫌がっていたという話だ。これは木根が東郷に「はじめはどうなるのかと思っていましたが…」などと話しているのを、ここへ呼び出されてきた俺がドアごしに盗み聞いたものだ。

しかし俺に対するこの男の所行からして、売春宿を嫌がっているようにはとても思えない。東郷は俺をいたぶりたくてたまらないという感じだった。仕事も内容はともかく真面目に取り組んでいるように見える。

もし本当なら、東郷が心変わりしたのなら…理由は気になる。

そしてもう一つ気になるのは東郷と兄との関係だ。しかしそれは安田の情報と同じく何一つ摑めてなくて…。

「ぐっ！」

突然、東郷が首輪に繋がる鎖を強く引いた。はっと我に返ったものの一瞬対応が遅れ、俺は息苦しさに喘ぎながらそのまま奴の体の上に倒れ込んでしまう。

東郷が顎を摑んできた。

「上の空とは随分余裕だな。何を考えていた」

「……」

「愛《いと》しいお兄様に助けでも求めてたのか？」

「愛しい？」

からかうために言ったのだろうが、あまりにも的はずれなその言葉に俺は失笑した。

そんな俺の反応に東郷がかすかに眉を動かす。意外だというようにだ。

「お前、兄とどういう関係かは知らないけど、少なくとも警視庁や俺の知り合いから話を聞いたわけじゃなさそうだな。でなければ『愛しい』なんて言うはずがない」

「……。それは初耳だな。奴はお前が大切で仕方がないように見えるが？」

「兄は……だろ」

思わず本音で吐き捨てるように呟いてしまうと、東郷の冷たい瞳に興味の色が加わった。

「つまりお前は違うってわけか」

「勉強や進路に口出しされているうちはよかったさ。だが、友人まで決められ、今は仕事まで兄の許可がなければさせてもらえない。一晩兄の知らない友人と遊んだだけで公衆の面前で殴られる。それで『愛しい』と感じると思うか？」

「……」

「お前も言われてみろよ。『私の言うとおりにすればいいんだ』、『生活も友人も恋人も私がお前に相応しいものを与えてやる』……って。俺が……男の俺が支配下に置かれているのがどんな気持ちかわかるはずだ」

今まで誰にも吐露《とろ》したことのない気持ち。それを何故今こんな状況で、こんな男に吐き出しているのか自分でもわからなかった。こんなことを言っても無駄だと、情報を与えるなんて馬鹿なことをしていると、そう思うのに、まるで兄に俺がベタ惚《ぼ》れしているように言われるとむかついて口が止まらなかったのだ。

どうせ嘲《あざけ》ってくるのだろう。

そう思ったのに……東郷は何も言わない。しかし、一瞬興味を表した瞳も今はもう闇色に覆われ、心の中は探れなかった。

「言っておくが俺がお前の条件を呑んだのは、兄に痴態を見られて嫌われるのが嫌だったからじゃないからな。庇護《ひご》下に置かれ、これ以上腕の中に閉じこめられるのが嫌だったからだ」

「……」

「もちろん、大人しくお前に従うつもりもないけどな」

「………。相変わらず立場を弁《わきま》えない奴だ」

機嫌を損ねた様子もなくクク…と声を震わせた東郷は、俺の首筋に顔を寄せ、濡れた舌で首筋を舐め始めた。耳の後ろから首輪を舐め首の根元に辿り着き、その柔らかな部分に唇で強く吸い付いてくる。

「それとも、俺に酷《ひど》くしてほしいのか？」

「っ！」

　ズキッと首筋に痛みを感じ俺は東郷を突き放した。東郷はすぐに離れたが、その唇がかすかに赤く濡れている。首筋を押さえた指を見ると血が付いていた。東郷が歯を立てたのだ。

「いい所有印が一つ増えてよかったな」

「東郷、お前…」

　きつく睨み付けると、東郷は見せつけるように赤い舌で唇に付いた血を舐め取った。そして俺を貫いたままだった己の肉棒を引き抜いて、再び鎖を引いて俺をベッドに押さえつけてくる。

　屈辱を感じながらもされるがままベッドに突っ伏していた俺は、顔の横に投げられた自分の携帯電話に眉を顰めた。

「なんだ」

「貴様の上司に連絡しろ」

「なに？」

「まだこんな時間だ。理由も言わず出てきたんだろ。それとも『帰れない』ことを見越して直帰するとでも断ってきたのか？」

「……」

　断ってこられるわけがない。だが素直に従うことは躊躇われた。

　東郷の意図がわからないからだ。この時間に呼び出されるのは今日が初めてではない。これまでは携帯を取り上げられていたのに…。

　ただの気まぐれだろうか？

「早くしろ」

「っ！」

　馬の手綱《たづな》を捌《さば》くように鎖を引かれて首を仰け反らせた俺は、訝りながらも渋々携帯電話に手を伸ばした。そしてベッドの上に正座すると、短縮に登録してある一本杉警部直通の番号を呼び出す。

　東郷は俺の背後でベッドに膝立ちしたままだ。

　数度コールしたあと、一本杉警部の声が聞こえてきた。聞き慣れたその声に緊張しながら
「雨宮です」と小さく名乗った瞬間、肩を強く押され再びベッドに突っ伏してしまう。

　腰だけを高く突き上げた格好を取らされ驚いて首だけを振り向かせると、ニヤリと笑って東郷は俺の腰を摑んできて…。

「ひぃっ、まっ、待てっ、あぁっ――――！」

　怒張した肉棒が俺の尻の窄まりに当てられ、一気に押し入ってきた。突然の挿入に俺は携帯電話から手を離し、あられもなく嬌声を上げてしまう。

　しかし、電話の向こうから聞こえてきた『雨宮？』という一本杉警部の声にはっと我に返った。そして落ちた携帯を拾う。

「なんでも……ありません」

『ならいいが…。ところで雨宮、お前今どこにいるんだ？』

明らかに不満そうな一本杉警部の声に言い訳を考えながら口を開こうとしたとき、東郷の肉棒が動き始めた。

「くっ……んっ……」

突き上げられては、引き抜かれ、また奥の奥まで突き上げられる。電話している俺のことなどまったく考えていない、容赦ない律動だ。というよりわざとだろう。

「んんんっ！」

何度も何度も最奥を突かれ、俺はたまらず身悶えた。しかし声を出すことはできない。

俺は東郷に抗議の視線を向けつつ、震える唇を開く。

「外…です」

『もしかして、また兄貴に呼び出されたのか？』

「いえ……兄…では…ない…のですが…。警部…申し訳……ありません。今日は…直帰させて…ください」

『直帰だと？　なぁ、お前もしかして安田の件まだ追ってるのか？　あれは中止だと言っただろ』

「ですが……。っ！」

東郷の律動が速くなった。

「んっ……んっ……んんっ……」

必死に嬌声が漏れるのを我慢しようと唇を引き結ぶと、無言を肯定と取ったのだろうか、一本杉警部も電話口の向こうで黙ってしまう。

シンと静まり返った中、クチュ、クチュ、と卑猥《ひわい》な水音だけが激しく響いていた。

何かを言わないとこの音が聞こえてしまうかもしれない。

そう思うのに一番感じる部分ばかり突かれて口を開くことができなかった。何より東郷の前で内部情報を明かすわけにはいかない。

次第に、強く結んでいたはずの唇も緩んできて…。

『直帰の件はわかった。だが捜査は中止だ。いいな』

「はっ……ぁっ……」

溜息混じりの一本杉警部の呟きを聞いた直後、俺は携帯電話を再び落としてしまった。携帯を手に取ろうとしたが、できない。

「ん……んっ……んっ……んっ！」

更に激しくなった東郷の動きに全身を揺さぶられ、俺は押し寄せてくる快感に夢中でシーツに縋り付き、漏れる声を抑えるしかできなくて…。

「んっ、んっ、んんんんん――――っっっ！」

硬くなった滾りの先端で執拗に最奥を擦られ、俺は白濁を迸らせてしまった。

ドクドクと震えながら漏れ出る飛沫とともに、俺の中でようやく弾けた東郷の熱いものが流し込まれてくるのがわかる。

すべてを吐き出し終えた東郷の肉棒が引き抜かれ、俺は力つきてベッドに倒れ込んだ。熱くなっている股間に硬く冷たい感触が当たる。

自分の携帯電話だった。それは己の精液でべっとりと汚れている。

かすかに聞こえてくる通話が切れた無機質な音は壊れていない証《あかし》だが、使い続ける気にはなれない。

ぼんやりと携帯を見つめていると、東郷にその手を掴まれた。

「いい具合に濡れたな」

「………」

「心配するな、新しいのを与えてやる」

「んっ！」

携帯をベッドの下に投げ捨てた東郷が俺の体を回転させ、いまだ勃起している己の肉棒を俺の中に沈めてきた。

仰向けで大きく開脚させられて羞恥を煽られ、俺は「嫌だ」と股間を手で隠そうとしたが、一気に根元まで貫かれ、遮られてしまう。

それでも震える指で股間を覆った俺に、東郷は珍しく欲情した目を向けてきた。

「なんだ、自慰とは。俺が入れてやってるのに足りないのか。とんだ淫乱だな」

「ちがっ、俺は…あっ、ぁぁぁあっ！」

「ほら、後ろは俺が掘ってやる。前は貴様が弄るなり扱くなり好きにしろ。触るのを許してやる」

速くなった出し入れに、俺は全身を震わせた。大きく広げられた両足の真ん中では俺の性器がすでに鎌首を擡《もた》げている。

「んっ……はっ……んっ……あっ……くっ……そっ……」

絶え間なく襲ってくる快感に、俺は自身に指を絡《から》めずにはいられなかった。

そんな俺を満足げに見下ろしながら東郷はギラリと瞳の奥を欲情させ、己の腰を激しく打ち付けてくる。

「あっ……あっ……あっ……あぁぁっ！」

ベッドの下で携帯が鳴っていた。しかしその音はくぐもっていつもと違うように聞こえる。

自分の携帯なのにそう思えなくて…。

また一つ、東郷に支配されていく……そんな気がした。

閑静な住宅街。

歩き慣れた道を歩き、明かりのついていない一軒家の扉を開いて中に入った俺は深い溜息をついた。

家に帰るのは何日ぶりになるだろう。我が家のはずなのに懐かしさを覚えてしまうほどだ。

ここ三週間、俺はまともに家に帰ることができなかった。それでもはじめは重い体を引きずって二日に一度は帰っていたが、最近はまったく家に足を踏み入れていない。ここ数日の東郷のセックスが執拗で一晩中解放されないのだ。

だが帰りたくなかった理由もあった。兄、謙一の存在だ。

警視庁の廊下で叩かれて以来、俺は兄を避けている。兄からの呼び出しにも「忙しいから」と言って応じていない。夜、東郷に抱かれて帰れないことでほっとするなんて、なんて皮肉だろう。

だが、いつまでもそういうわけにはいかないこともわかっている。

「せっかく家に帰ったというのに……憂鬱《ゆううつ》だな」

玄関で明かりもつけず薄暗い中、腕時計を見るとまだ八時になったばかりだった。金曜日はいつも兄は帰りが遅い。深夜零時をすぎることがほとんどだ。

うまくいけば今日は顔を合わせずにすむかもしれないが、言い訳を考えておくほうが無難だろう。

そう思いながら靴を脱いで廊下の電気をつけようとスイッチに手を伸ばしたとき、突然明かりがついた。目の前に無表情の兄が立っている。

「兄…さん。………帰ってたんですか…」

顔が引きつりそうになるのを堪え口を開いたとたん、兄の目つきが鋭くなった。その眉間には深い皺が刻まれている。

「なんだ、その言い方は。私がいると困ることでもあるのか」

「いっ、いえ。金曜日はいつも遅いようでしたので…」

「三係は毎日家に帰る暇《ひま》もないほど多忙らしいな」

「……ええ。少し事件が立て込んでて」

当たり障《さわ》りのない言葉を選んだものの、俺は居心地の悪さに耐えきれずそのまま自室へ向かおうとした。

しかし兄に腕を摑まれ強く引き戻されてしまう。

振り払うわけにもいかず立ち止まった俺を、兄は顔を近づけて怖い程凝視《ぎょうし》してきた。

「立て込んでるだと？　事件が多発していると言っても雑用係のお前が帰宅もできないほど三係の出動要請は出ていないはずだ。私に嘘をつくなんてどういうつもりだ。この三週間、どこで何をしていた」

「……」

「答えろ、塔也。毎晩毎晩家にも帰らず、どこで何をしていたんだと聞いてるんだ」

「っ！」

兄に強く両肩を摑まれ、体を壁に押しつけられた。

乱暴なその行為に俺も心が荒立つ。兄は「答えろ」と語調を強くしながら俺の両肩を強く揺さぶってきた。

心配していたのはわかるが、二十六の弟に対してこれは常軌《じょうき》を逸《いっ》していると感じるのは俺だけだろうか。

いつになく蟠《わだかま》りが表面に出てきそうになる。しかしやはり吐き出すことはできずにされるがままになっていると、兄の動きが止まった。目を見開いて一点を注視している。驚いているようなのだが…。

「兄…さん？」

「なんだ……それは……」

「えっ？」

「その首に付いてるのはなんだと聞いているっ！」

「！」

それが東郷に付けられたキスマークだとわかり、俺は真っ赤になって首筋を押さえた。そのとたん、らしくないほど怒りを露《あら》わにした兄に胸倉を摑まれてしまう。その勢いでワイシャツは左右に引き裂かれてしまって…。

「なっ…」

いや、兄は意図的にワイシャツを破いていた。音を立てて引き裂かれていくそれに、俺は呆然と立ちつくした。この人は何をしているのか…と。

兄はワイシャツの残骸《ざんがい》をすべて剝ぎ取り、今度は乱暴に俺のベルトを外し、ズボンを脱がそうとしてくる。

俺はとっさにズボンを引き上げた。

「にっ、兄さん何をするんですか」

「お前の体を調べるんだ」

「やめてください、兄さん。こんなのおかしい」

「黙れ！　こんなにキスマークをつけるなんて、相手は男だろ。男と寝たんだろ」

「っ！」

「塔也が……私の塔也が男に抱かれるなんて……私の塔也の体が男に汚されるなんて……許せない。私が隅々《すみずみ》まで調べてやる」

ブツブツと呟きながら俺のズボンを引き下ろそうとする兄は目を血走らせていた。そこに普段の威厳のある姿など微塵《みじん》もない。

「これでは調べられない。脱げ、脱ぎなさい！」

「……」

「塔也！」

「もう、やめろ！」

下着まで下ろそうとする兄に寒気《さむけ》を覚え、俺はその体を強く突き飛ばしてしまった。

抵抗されると考えてなかったのだろうか。体格差のある兄が嘘のように仰け反り、その場に尻餅《しりもち》をついた。

驚愕《きょうがく》に見開いていたその目はすぐに険しくなり睨みつけてくる。

「塔也、お前、この私に…」

俺自身、自分の行動に驚いていた。

しかし立ち上がろうとした兄にはっとして背を向けた俺は、一番近くに扉があった脱衣所に駆《か》け込む。そして鍵《かぎ》をかけ、ドアを押さえるようにもたれかかった。

「塔也！」

「……」

「開けろ、開けなさい！」

兄がドアノブを煩《うるさ》い程回し、ドアを叩いてきたが俺は無言でそれを押さえ続けた。

今見たものはなんだったのだろう。あれは兄の顔ではなかった。ただの男……いや、嫉妬《しっと》に狂った雄《おす》の顔だった。心配しているとも、子供だと思ってた俺のいやらしい部分を知りショックを受けた身内のものとも思えない。

「兄さんは……俺をなんだと思ってるんだ？」

ますます大きくなるドアを叩く音に背筋が凍《こお》る気がした。

しかしその音は「どうしたんだ？」と帰ってきた父の声で終わりを告げる。

普段の冷静さを取り戻した兄の声が聞こえ、ドアから遠ざかっていく気配に、俺はようやく胸を撫で下ろした。

このまま自室に戻ることもできるが、今はすぐにここを出て行く気にはなれない。

「今夜は早く寝て、明日の朝は兄さんが起きる前に出て行って……なるべく顔を合わせないように…」

どっと襲ってきた疲れにしゃがみ込みそうになりながら、俺はシャワーでも浴びようとずり落ちかけたズボンと下着に手をかけた。

その瞬間、鏡に映った己の姿に言葉を失う。

肌には恥ずかしいほど無数の赤い斑点《はんてん》が散らばっていたのだ。しかも首や手首、膝にはうっすらとだが拘束された痕が残っている。

「これじゃ……兄さんが目の色を変えても仕方がないよな」

そう苦笑が漏れたものの、兄の嫉妬に駆られた男の顔は脳裏《のうり》にこびりついて消えてはくれなかった。

どうしようもないほどの悔しさが心に渦巻《うずま》いていく。

鏡を見れば見るほど噛みしめた唇に力が籠《こ》もった。

「このままでいてたまるか」

兄も。

東郷も。

苛々した気分を吐き捨てるように手近にあったバスタオルを鏡に投げつけ、俺は浴室に飛び込んだ。

翌日、いつものように東郷《とうごう》からの呼び出しを受けた俺は、言われた時間よりも一時間早くアポロホテルを訪れていた。

フロントマンは少し驚きながら東郷が不在であることを告げて連絡を取ろうとしたが、俺はそういう約束だからと嘘《うそ》を言ってオーナー室に向かう。

いつものエレベーターに乗り込み扉を閉めると、フロントマンの驚いた顔が思い出されて思わず笑みが零《こぼ》れた。

彼が驚くのも無理はない。俺は今までここへくるのが嫌《いや》で、東郷の言う時間に間に合ってきたことがないのだ。

しかし今日は目的があった。これまでのパターンと前回呼び出されたときに東郷が電話で話していたことから、今日のこの時間奴が不在であることを知って早くきている。オーナー室を探《さぐ》るためだ。

カメラが設置されていることはわかっているが、だからと言ってこの好機に何もせず、奴の思いどおりになっているのは嫌だった。

それにたとえ見つかったとしても、これ以上悪い状況になるとも思えない。俺が安田《やすだ》のことを探っていたのは知られているのだ。

「もう奪われるもんも落ちるものもないしな…」

自虐的《じぎゃく》に唇の端《はし》を吊《つ》り上げ、俺はオーナー室の扉を開けた。そして東郷がいつも仕事をしているデスクに向かうと椅子《いす》に腰かけ、人待ち顔を装い部屋を物色する。

散々奴に見せられたビデオのおかげでカメラの設置場所はおおよそ見当がついていた。それらを警戒しながらも、暇《ひま》つぶしのように東郷の机の引出しに手をかける。

安田の情報があるならパソコン内の可能性が高いが、奴がいつも使用しているノートパソコンは見あたらなかった。手帳らしきものもなく、書類も情報にならないものばかりだ。

やはりそう簡単には見つかりそうにない。

時間だけがすぎていく中、最後に一番小さな引出しを開けた俺は、隠すように伏せられた写真立てに気付いた。何気なく興味をそそられそれを手にした俺は息を呑《の》んでしまう。

写真にはスーツ姿の男性が二人、学校らしき場所を背景に写っていたのだ。

雰囲気からして大学の卒業式だろうか。その内の一人、背が高い男はおそらく二十代前半の東郷だ。そしてもう一人は奴の弟。弟の顔は高校の卒業アルバムで調査済みだった。凛々《りり》しく男らしい東郷に対し弟は色白で女性のように綺麗《きれい》な顔立ちとまったく似ていない。おそらく俺と謙一《けんいち》兄のように似ていない兄弟だったのだろう。

それよりも驚いたのは東郷の表情だ。嬉しそうに弟の肩を抱き寄せている。今の鬼畜《きちく》なそれからは想像できない穏やかさだ。

「あいつ……こんな表情もできたのか……」

そもそも東郷が家族の写真を持っていること自体が俺には信じられない。

「そういえば、この弟って自殺したんだったよな…」

写真に記された撮影日時を確認すると自殺したのはこの写真を撮った数年後だ。原因はわからないがノイローゼ状態だったと聞いている。

こんなに明るい顔をした弟が自殺だなんて何があったのだろう？

この写真からは、少なくとも東郷がこの弟を大切していたのは感じ取れる。いや、あの非道な男がこんな表情を見せているのだ。きっと、とても大切な存在だったのだろう。

「大切な弟……か……」

もし俺だったら…と考えると、昨夜の兄の狂乱が脳裏《のうり》を過《よ》ぎった。

そんな大切な弟が自殺したとき、東郷はどうなったんだろう。正気でいられたのだろうか？

それとも…。

「……って、何考えてるんだ俺は。あんな奴どうだって…」

「へぇ～、珍しいじゃん、あんたが一人なんて」

「！」

突然聞こえてきた声にギクリとした。ドアのほうに視線を向けると、大塚《おおつか》がにやつきながらこちらに近づいてくる。

内心の舌打ちを顔には出さないようにしてそっと写真を引出しの中に戻した俺は、椅子の背にゆったりともたれ、大塚にはまったく興味のない顔をしてみせた。正直、大塚の顔は見たくない。

「東郷に用ならいないけど」

「オーナーに用ってわけじゃねぇんだけどさ」

「なら出て行け」

「え～」

「嫌なら俺が出て行く」

俺は椅子から腰を浮かせた。しかし大塚は行く手を遮《さえぎ》るように俺の前に立つ。「まぁまぁ」と椅子についた手に手を重ねられた。

汗ばんだ大塚の手の感触に俺は眉《まゆ》を顰《ひそ》める。

「手を離せ、暴漢」

「そうつれなくするなって。あんたも俺も同じ仲間じゃねぇか」

「……」

「あんたもオーナー待ちなんだろ？　俺も客待ちでさ～。ちょい暇なんだよね」

「……だから？」

「だからさ、遊ばねぇ？」

耳元に顔を寄せて濡《ぬ》れた声で囁《ささや》いてきた大塚に、俺は重ねられていた手を振り払った。そして、大塚を突き飛ばす。

「何を勘違いしてるか知らないけど、俺はお前と仲間になったつもりなんてないし、お前が俺にしたことも忘れてない」

「うわっ、そんな強気に出ちゃうんだ。でもいいのかなぁ、俺、口が軽いからさ、あんたが今してたことオーナーに言っちゃいそうなんだけど」

「……。言えばいいだろ」

にやついた大塚に俺は内心焦《あせ》りつつ平静を装った。物色していたことは防犯カメラで見ていた人間から東郷に伝わるかもしれない。しかし、弟の写真を見ていたことはなんとなく知られたくなかったのだ。

その場を立ち去ろうとすると、大塚に腕を取られ腰を抱き寄せられてしまった。

すぐに「離せ」と抵抗したが、大塚は俺の背中を全面硝子《ガラス》になっている窓に押しつけて身動きを封じてくる。

上気した生暖かい息が顔に近づいてきた。

「なぁ、取引といこうぜ。黙っててやるから犯《や》らせろよ」

「やめろ」

俺は顔を背《そむ》けたが大塚はおかまいなしだ。腰を抱いていた手で俺の尻を卑猥《ひわい》に撫《な》で回し始める。

「お互い知らねぇ仲じゃねぇんだし、いいだろ？」

「やめろと言ってるだろ。同じこと何度も言わせるな、外道が」

「やだね。俺はあんたと仲よくしときたいんだよ」

「俺はお前に触られただけで吐《は》き気《け》が……」

傍若無人《ぼうじゃくぶじん》に尻を撫で回していた手が、割れ目をまさぐりズボンの上から尻の窄《すぼ》まりを弄《いじ》ってくる。

「あっ、あぁぁっ！」

思いがけない快感に俺は全身で反応してしまった。己の嬌声《きょうせい》にはっとして口を閉じたが、大塚は欲情した目で俺の蕾《つぼみ》を指で弄り続けながら舌なめずりしてくる。

「さすがオーナー仕込みってやつ？　あのときは薬使っても痛そうな顔してたのに、がんがんに開発されちまってるぜ。しかもこの抜群の感度」

「はぁっ……んっ……ぁっ……くっ……触るなっ……」

「冗談、こんな最高の体触らずにいられるかよ。初めてオーナーが商品を抱いたのを見たときは珍しいって驚いたけど、なんか納得」

「俺は商品じゃ…ないっ」

ズボンの上から手慣れた様子で大胆に尻の窄まりをこじ開け始めた指に、俺は必死に大塚を押しのけようとした。

「やっ……やめっ…ろっ……と……言って……るっ……」

しかし腕に力が入らない。そんな俺の様子に気をよくした大塚はズボンの下で硬くした己の股間《こかん》を擦《こす》りつけてくる。

「くっ……そっ……」

こんなの気持ち悪いのに…。感じたくないのに…。

男に…東郷に慣らされた体は意志に関係なく反応してしまう。そんな自分の体が…自分が悔しくてたまらない。

俺は自由になった手を振り上げ、大塚の頬《ほお》に振り下ろした。しかし力の入らない拳《こぶし》ではたいしたダメージを与えることはできず、逆に殴《なぐ》り返されてしまう。

「うっ」

頭の芯がぶれるような衝撃に一瞬意識が遠退《とおの》いた。大塚は俺の体を反転させ、窓に張り付かせてくる。そして俺の尻に己の股間を擦りつけてきた。

「はぁっ……あんた尻の感触もたまらねぇ。なぁ、さっさと下脱いで尻突き出せよ。俺の入れてがんがんに突いてやるからさ。俺、オーナーのモノ入れられて喘《あえ》いでたあんたの姿が忘れられないんだよ」

「……っ……誰がお前なんかに………」

「だから取引だって言ってるだろ。なんだったらあんたが欲しがってる情報、教えてやってもいいからさぁ…」

「！」

そのセリフに、一気に意識が覚醒《かくせい》した。

情報って、いったいどっちのだろう。

しかし俺が口を開くより早く、覆《おお》い被《かぶ》さっていた大塚の気配が消える。振り返ると、そこには大塚の襟《えり》ぐりを鷲摑《わしづか》みにしている東郷が立っていて…。

「お前、いつの間に」

驚きに呟《つぶや》いた俺を東郷は「黙ってろ」と睨《にら》みつけてきた。

「大塚、こんな所で何をしている」

「いや…そのですね…」

「客を待たせる気か。さっさと戻れ」

しどろもどろになっていた大塚は、いつもと変わらない淡々とした口調に戻った東郷にほっとした様子で、俺に「よかったら十五階に遊びにこいよ」とウインクを投げてきた。まったく悪びれてもいない。

大塚が部屋を出て行く音を聞きながら、俺は火照《ほて》った体を冷やすように深く呼吸をした。

「まったく、なんて奴だ」

「それはこっちのセリフだ」

ぼそりと不機嫌そうに呟かれ、なんとなく違和感を覚える。声を荒らげることはないが大塚に対する態度とまるで違うそれは、俺を責めているように感じられたのだ。

襲われたうえに俺のせいにされるなんてたまらない。

「なんだよ、それ。まるで俺が悪いみたいな言い方だな」

「ああ、お前が悪い」

「なんで俺なんだよ」

「お前は仮にも刑事だろう。大塚に本気で抵抗しようと思えばできたはずだ。ここにきたときにあいつらをやったようにな。だがされるがままでいたってことは、あいつに許したか、もしくはお前から誘った証拠だ」

「はぁ？　俺から誘った？　馬鹿《ばか》も休み休み言え。俺は…」

お前に抱かれているせいで体が勝手に反応したんだ。

そう言うことは躊躇《ためら》われた。言ってしまえば俺がこいつの所有物で、体を開発されたことを認めてしまう気がしたのだ。

俺は「ふん」と顔を逸《そ》らすと、東郷がかすかに眉を上に動かした。そして俺の顎《あご》を摑み、強引に己のほうへ向けてくる。

「いいか、お前は俺のペットなんだ。大塚にも他の男にも尻なんて振るな。触らせるな。お前は俺だけに足を広げて、俺だけに抱かれてればいいんだ」

「それじゃまるで俺が好きでお前に抱かれてるみたいじゃないか。だいたい大塚は、最初にお前が俺に……」

ムッとなって言い返そうとしていた俺は、ふっと疑問を感じて口を噤《つぐ》んだ。

大塚は東郷の部下だ。俺が最初にここへきたとき、東郷と一緒に俺を凌辱《りょうじょく》した仲間だったはずだ。それに選択肢は、東郷に抱かれるか、ここの男娼《だんしょう》として買われるか、だったのに…。何《な》故《ぜ》今更こんなことを言うのだろう？

東郷も己の矛盾《むじゅん》に気付いたのだろうか。驚いているような妙な顔をしている。そして、不機嫌そうに胸ポケットからシガーケースとライターを取り出し、煙草に火をつけた。

その様子は苛々《いらいら》しているようにも見えるが…。

急に静まり返った部屋に、煙草の煙と香りが充満していく。

そういえば初めて東郷とあの喫茶店で会ったとき、擦れ違いざま煙草の香りがした。

だが、東郷が煙草を吸うのを見るのはこれが初めてだった。デスクやベッドルームに灰皿は用意されているものの、夜セックスをしたあとも、明けた朝も……隣の部屋からこの部屋で仕事をする様子を見ることもあったが、そのときも吸っている様子はなかった。

もしかして、苛ついたときにだけ吸うのだろうか？　ということはあの喫茶店でも苛ついていたということか？

たしかあのときは兄も苛ついていたはずだが…。

二人はお互いに気に入らない存在ということなのだろうか。

東郷は眉間《みけん》の皺《しわ》を深くして見つめる俺を盗み見、一度深く吸い込んだ煙を吹きかけてきた。

「くっ……東郷、お前っ……」

咳《せ》き込む俺に耳を貸さず、東郷は灰皿で煙草をもみ消す。そして突然俺の手を摑んで歩き出した。しかもいつものように隣のベッドルームへではなく、オーナー室の出入り口に向かっていく。

「どこに行く気だ？」

「食事だ」

「は？　食事？」

立ち止まりかけたが、強く手を引かれ、引きずられるように歩き出した。

「ちょっと待てって、なんで突然食事なんて…」

「夕食を食べてないからだ。それ以外の理由がいるのか？」

「いや、そうじゃなくてさ…」

「うるさい奴だな。食事よりも抱かれたいのか」

「ちっ、違う」

「だったら、さっさと歩け」

「っ！」

いつも使う物と違うエレベーターの中に突き飛ばされ、俺はよろけながら壁に背中を押しつけた。

いったい何を考えているのだろう？　突然俺と食事をする気になるなんて、何か企《たくら》みでもあるのか？

東郷の表情からは何も窺《うかが》えない。相変わらず冷たい顔だ。

……引き出しで発見した写真。東郷にあんな表情ができるなんて、正直東郷とは別人の写真を見ているようだった。だが先程苛立っているのを初めて見て、あれも東郷なんだと妙に納得した。こいつも人間だったんだ…と。

俺は冷徹で鬼畜なだけの男だと決め込んでいたのだろうか。

だとしたら、本当の東郷はどんな男なんだろう？　あの写真に写っていたころの東郷はどんな男だったのだろう？

それを知ったところでなんの役にも立たないというのに、何故こんなに興味が湧《わ》くのか。

今までとは違うもやもやとしたものを感じながら、俺は東郷の背中を追ってゆっくりと歩き出した。

◇◆◇

「んっ……あっ……あぁっ…」

アポロホテル最上階。オーナー室の隣のベッドルームにあるシャワー室で俺は、縋《すが》るように鏡になっている壁へ両手をつき、背後から突き上げられる快感に全身を震《ふる》わせ続けていた。

出しっぱなしにされたシャワーの湯気と獣《けもの》のように快楽を貪《むさぼ》り続ける情事で、息苦しい程の熱気に包まれている。

「……もっ……いい加減に……し……ろ…」

絶え間なく続く責め苦に腰を引くが、後ろから覆い被さっている東郷は摑んだ俺の腰を離そうとしない。

「こんなに深くまで俺を咥《くわ》え込んで離そうとしないのはお前だろ」

「あっ……ちがっ…んっ……お前…が……しつこい……ん…だろ……」

「だったら、お望みどおりさっさとすませてやるか」

「ひっ！」

東郷が腰を摑む手に力を加えた。不機嫌そうな口調をしながらも、鏡に映った端正《たんせい》なその顔には欲情の色を浮かべている。

俺は今まで東郷のこういう表情を見ようとしなかっただけなのだろうか。

気がつくと最近の東郷はいろんな表情を浮かべている。

「やっ、そんなにしたら……またっ、あっ、あぁぁぁぁ――――――っっっ！」

太く硬い肉棒を奥へ奥へと、まるで俺の体を貫こうするように激しく打ち付けられた。大理石の床を激しく打ち付け続ける水音を掻《か》き消すように嬌声を上げた俺は、たまらず欲望の蜜《みつ》を放ってしまう。

しかし飛び出してくるそれは勢いも量もなく、すでに色を失っていた。

それも当然だ。もう何度目の射精だろう。オーナー室で一回、隣のベッドルームで二回、そしてバスルームで一回。正直、立っているのも意識があるのも不思議なぐらいで……。

「んっ」

ドクンと俺の中で東郷が大きく脈打った。東郷もすでに二度イっているというのに、相変わらずの量と熱が流し込まれてくるのがわかる。

東郷は今にも崩《くず》れ落ちそうな俺の中に、己の熱い白濁を一滴残さず出し尽くしてきた。しかしすぐに抜いてしまわず、しばらく留《とど》まったかと思うと、時間をかけて引き抜いていく。それはまるで名残惜《お》しんでいるようにも思われた。

ひんやりとした鏡に力なく頬を寄せながら、俺は内心首を傾げる。

いったい最近の東郷はどうしたのだろう。

傍若無人に俺を呼び出すことも、失神するまで俺をイかせる鬼畜さも以前と変わらないのだが、しつこさの質が違う気がするのだ。これまでは自分はまったく動くこともなく冷めた顔で構えて俺だけを乱れさせていたのに、最近は自ら執拗《しつよう》に突き上げてくる。

これではまるで普通の恋人同士のセックスのような…。

その考えを慌《あわ》てて振り落とした。

「ったく、なんで俺がこんなに意識しなくちゃいけないいんだよ…」

「なんのことだ?」

「なんでもない」と言いながら振り向こうとしたが、東郷はそれを嫌うように俺の胸元に手を差し入れ、背後から抱きしめてくる。

「なっ、離せ」

触れた背中から伝わった奴の熱が、妙に居心地が悪いというか、どうすればいいのかわからなくなってしまい、俺は抱きしめる東郷の手を強引に振り払った。

そのとき不意に下肢を伝わった濡れた感触にゾクリと震え、立ち竦《すく》んでしまう。流し込まれた東郷の液が流れ出てしまったのだ。

「くっ……」

止めたかったが、長時間太い肉棒を咥え擦られ続けた孔《あな》は言うことをきかない。

意地悪く笑った東郷は俺の体を自分に向き合わせて耳元に唇を寄せてくる。

「誰が漏《も》らしていいと言った?」

「うるさい……。だったら中出しするな」

「好きなくせによく言う」

「誰がこんなもの。お前は出すだけ出してすっきりするだろうけど、俺は後始末だって自分でやるしかないし大変なんだぞ」

「自分で……ね」

「！」

揶揄《やゆ》するような声色《こわいろ》に俺はギクリとした。「やって見せろ」と言われるのが簡単に想像できるからだ。

しかし東郷は何も言わず俺の尻に指を伸ばしてくる。そのごつごつとして長い指は赤くなってヒリつく蕾に伸ばされて…。

「とっ、東郷、お前何っ……んんんっっ！」

クチュッと淫《みだ》らな音を立てて東郷の指が二本、尻の窄まりに入ってきた。そのとたんトロリと白濁が流れ落ちてくる。

「ちょっ、やめっ……」

長い指は根元まで押し入り、己が放ったものを掻き出すように襞《ひだ》を広げ始めた。

「離せ……って……東郷」

トロトロと掻き出されたものが太股《ふともも》を滴《したた》り落ちていく感触に、俺は真っ赤になって東郷の肩に顔を押し当てた。東郷に後始末をされていると思うと、屈辱で恥ずかしくてたまらないのだ。

いったいこの鬼畜がどうして情事の後始末なんてする気になったのか。そもそもどんな顔をしてやっているのか不思議でならないが、その顔は見ないほうがいい気がした。

「んっ」

最後の一滴が流れ落ち指を引き抜かれる感触が、後始末の終わりを告げてくる。しかし、俺は東郷の肩に顔を押しつけたまま動けなかった。

こんなことをされたあとでどんな顔をしろと言うのだろう。

東郷も無言のままだ。

ただシャワーの水音だけが響き渡っている。

どのぐらいそうしていただろう。「どけ」と苛立たしげな声で言われ、頭上からシャワーを浴びせられた。そして奥へと突き飛ばされてしまう。

「っ」

力が入らない体をよろめかせて壁に寄りかかった俺を放《ほう》って、東郷は湯も出しっぱなしのままシャワー室を出て行ってしまった。

「……。なんだよその態度。自分でしておいてなに勝手に怒ってるんだよ」

こっちだって死ぬ程恥ずかしい思いをしたのだ。責められる覚えなんてない。

ムッとした俺は素早く情事の跡を洗い流し、ろくに体を拭きもせず脱衣所にあるバスローブ

を羽織《はお》って東郷のあとを追った。

東郷はベッドルームにあるリクライニングチェアでバスローブ姿のまま煙草を吸っていた。俺と同じく髪を拭く余裕もないのか、奴の髪からは水滴が滴っている。

やはり東郷は苛ついたときに煙草を吸う癖《くせ》があるのかもしれない。最近はよく煙草を吸うところを目撃する。

「急に優しいことをしたり、苛立ったり、情緒不安定なんじゃないのか」

腹立ちまぎれに悪態をついたとき、部屋に電話の音が鳴り響いた。三コールを待たずして受話器を取った東郷は、不機嫌なままで話をしている。しかし…。

「ああ、わかった。俺が対応する。繋《つな》げ」

煙草を灰皿でもみ消しながら呟いた東郷はビジネスマンの顔をしていた。そしてフランス語で話し始める。

東郷はフランス語以外にも数ヶ国の外国語に精通しているようなのだ。ドイツ語でもやりとりしている場面に遭遇《そうぐう》したこともある。外交官をしていた父親の影響だろうか?

流暢《りゅうちょう》に外国語を操《あやつ》る東郷には今まで苛立っていた面影《おもかげ》も、俺をいたぶるときに見せる非道なそれも感じられない。

悔しいが、格好いい……そう思う。三十歳の若すぎるオーナー、そうは思わせない風格だ。

二代目社長は無能だと言う人もいるようだが、東郷には当てはまらないと思う。

東郷が当初は嫌だったこの事業を、どんな経緯で引き継いだのかはわからない。だが、父親から東郷に代替わりをしたとたん、アポロクラブの評価が急激に高くなったという話だ。どんな手を使ったのかは謎《なぞ》だが、東郷がやり手なことだけは間違いなかった。

「たった四つ違いなのにな…」

濡れた髪のままバスローブを羽織っているだらしない格好も変わらないというのに、俺たちは違う世界の人間のようだ。

兄に言われたままをなんの迷いもなく進み、いまだその庇護《ひご》下から抜け出せないでいる俺とは……まるで違う。

「そういえば、俺、刑事になって何がしたかったんだろ…」

俺は…。

「………」

ポタリと髪から滴った水滴が頬を撫でた。

更に水滴が落ちるのを嫌い、俺はその足を隣のオーナー室へ向けた。そして脱がされて散らばっていた服を拾い集めると、身につけていく。髪をバスローブで荒く拭《ぬぐ》い、俺はそのまま部屋をあとにした。そして、いつも使うフロント直通のエレベーターではなく、逆方向にあるそれに向かう。以前東郷が食事に行くと言い出したときに使ったエレベーターだ。

最近わかったことだが、このホテルにはエレベーターが何台か設置されている。それらはオーナー室のあるフロア直通のものと他一つを除いてすべて地下駐車場から続いていて、停まる階も決まっていた。

またトラブル防止のためか、フロントの右手にあるもの以外のエレベーターのボタンには指紋センサーが付けられているようだ。

しかし一台だけ全階に行けるエレベーターがある。それが先日東郷と乗ったこれだ。従業員や男娼たちが使ういわば業務用のもので、従業員等、登録された人物なら誰でも使えることになっているらしいが…。

「さて、俺の指紋は登録されているか…」

エレベーターホールで緊張しながら下りのボタンを押すと、幸いなことにドアは開いた。しかし乗り込んだエレベーターのパネル板の前で一瞬考えてしまう。どこから探るべきか…と。

結局、東郷のことはわかってきたが、安田に関する情報はさっぱり掴めていないのだ。

「……。そういえば、大塚が、俺が欲しがっている情報をやるとかなんとか、気になることを言ってたな」

それが東郷のことなのか、または安田のことなのかはわからない。だがほかに手がかりに繋がりそうなものはなかった。

十五階のボタンを押すと何事もなくドアは閉まり、エレベーターは動き出す。

到着した十五階には最上階とは異なる雰囲気が漂《ただよ》っていた。廊下の壁がすべて鏡張りなのだ。

そして香りも違う。エレベーターのドアが開いたときから鼻を擽《くすぐ》り続けているそれは、大塚が付けていたものと同じ香りだった。

「ここはまさにホストクラブだな」

眩《まぶ》しい光ときつい香りに顔を引きつらせながら、俺は周囲の気配を探った。

業務用のエレベーターホールは、客の死角になるように、建物の端にある廊下から奥まった位置に設《しつら》えられている。

エレベーターホールから廊下に出ようとしたとき、「先生」と大塚の声が聞こえて足を止めた。どうやら大塚が客用のエレベーターで客と上ってきたようだ。

大塚たちに気づかれないように身を潜《ひそ》め、向かいの鏡に写った二人の様子を確認すると、彼の隣にいるのは変死した安田のボスである里村《さとむら》代議士だった。

大塚は里村に流し目をくれ、里村もまた大塚の尻を撫で回し続けている。そしてこのエレベーターホールの手前のドアの前で立ち止まると、里村が大塚に襲いかかるようにキスをし始めた。

「んっ……。里村先生、部屋の中に入るまで待ってくださいよ」

「ご無沙汰《ぶさた》だったからねぇ。溜まってるんだよ」

「だったら毎日でも予約入れればいいじゃないっすか。俺、先生のためなら尻空けますって」

キスを続けようとする里村を離し、大塚はドアを開けた。里村はしつこく大塚を後ろから抱きしめ、服を脱がせている。

その様子は昨日今日初めて顔を合わせた仲とは思えない。里村は大塚を贔屓《ひいき》にしているのだろうか。

「先生、本当にスキモノっすね」

「そういう、君もだと思うがねぇ。なんせ人一人犯り殺すぐらいだ」

「人聞きの悪いこと言わないでくださいよ。そもそも安田さんをMに仕込んだのは先生じゃないっすか。ったく、首を絞めてくれっていうからしてやったのに。いい迷惑ですよ」

扉が閉まる寸前、吐き捨てられた大塚のセリフに俺は胸を高鳴らせた。しかし、飛び出そうとした俺は背後から羽交《はが》い締《じ》めにされてしまう。

振り向くとそこには東郷が立っていて…。

「こい」

口は大きな東郷の手で遮られた。そしてその体勢のまま乗ってきたエレベーターに連れ込まれる。

「っ！」

ドアが閉まると同時に壁に押しつけられ、逃げ場を塞《ふさ》ぐように覆い被さられた。

東郷は不機嫌そうに俺を見下ろしてくる。

「あそこで何をしていた」

「っ……何って」

下手《へた》に嘘をついても東郷に通じるとは思えなかった。

安田のことを探っていたのは知られているのだから、正直に言えばいいのかもしれない。しかし…大塚が安田を手にかけたと言ったら東郷はどうするだろう。俺に協力してくれるだろうか？　それともオーナーとして自社の商品である大塚を守る？

「あいつに……大塚と話がしたくて」

反応を探るべく無難な言葉を選んで告げると東郷は眉間に皺を寄せた。そしてその目に怒りを浮かべる。

「俺は許可した覚えはないぞ」

「話すぐらい自由だろ」

「駄目だ。自分の立場を弁《わきま》えろ」

冷たく言い放たれ、俺は表情を曇《くも》らせた。

もしかして東郷はすでに安田と大塚の関係を知っていたのではないだろうか…。

考えられないことではない。だとすると東郷は俺が知りたい情報を黙っていたことになる。

いや、それが当然だろう。東郷は違法な事業を行っているホテルのオーナーだ。警察の捜査に協力するはずはないし、客や男娼の不手際を握りつぶすことはあれ、情報を漏らすわけがない。

潜入捜査をしにきた刑事の俺がここにいることのほうがおかしいのだろう。いくら圧力をかけて捜査を中止させたといっても、大塚が安田の情人だとはっきりすれば当局は動かざるを得ないのだ。

それなのに東郷は何故リスクを冒してまで刑事である俺をここに呼び続けるのか。

俺が憎いから？

だが当初向けられていた憎しみを最近は感じない。

そもそも俺に対する憎しみとはなんだったのだろう。東郷にとって俺はなんなのだろうか？

問いかけるように東郷を見つめた俺は、奴のスーツの肩がかすかに濡れていることに気付いた。東郷の髪も酷《ひど》く湿っているのがわかる。タオルで拭くこともせずスーツを着たのだろう。それだけ急いでいたということだ。

東郷も俺を見つめ返してきた。

視線が触れ合った瞬間、ふっ…と深い沈黙が訪れる。

俺は疑問をぶつけようと何度か口を開きかけたものの、結局言葉にすることはできなかった。東郷もまた、ふいと視線を逸らし、煙草を吸い始めてしまう。

煙草の香りが広がる中、東郷がフロント階のボタンを押し、停まっていたエレベーターが動き出した。

「今日はもう帰れ」

「え？」

東郷は正面を向いたまま煙草を吸っている。

「興ざめさせたのはお前だ」

「……。俺は解放されて嬉しいけどな」

ぼそりと呟いた声は自分でも驚くほど不機嫌そうに聞こえた。

ただ『帰れ』…と言う言葉に胸が妙に痛くて…。

「出ろ」

指示されるままフロントに降りると東郷も一緒に降りてくる。

また食事に誘われるのだろうか？

そう思ったものの奴はホールにいた従業員に短くなった煙草を渡しただけで、踵《きびす》を返してしまった。その背中がエレベーターの中に吸い込まれていく。

「東郷」

気付くとそう声をかけていた。しかし何かを言いたかったわけではない。

言葉が……見つからない。

「なっ、なぁ、お前はどうしてオーナーになったんだ？」

やっと出た言葉は脈絡《みゃくらく》のないものだった。

東郷は訝《いぶか》しげな顔をしている。しかしその表情が不意に緩《ゆる》んだ。それはどこか嬉しそうにも見える。

「お前が俺のことを聞いてくるなんて珍しいな。それともこれは取り調べか？」

「……。別に答えたくないならいいよ」

やっぱり声をかけなければよかった。

そう思いながら出口に向かおうとしたとき、呟くような東郷の声が聞こえてくる。

「守りたかったから……だな」

はっとして振り向くと、東郷は酷く寂しげな表情でどこか遠くを見ていた。それはほんの一瞬だけ……そう、瞬きする間程の時間だったが…。

「大切な人を守るためにオーナーになった。それだけだ」

堂々とした声色に、俺は言葉を返すことができなかった。

東郷の姿がエレベーターの扉の向こうに消えていく。

「守りたかったから……か…」

東郷の答えをなぞる俺の声は酷く掠《かす》れていた。

まさかそんなセリフを東郷が言うなんて…。「誰を」と聞くことすらできなかった。

でも…。仕事に迷いがないその姿は格好いい、素直にそう思う。それに比べて俺は…。

「俺は……俺は、どうして刑事になったんだろう。刑事になって何をしたいんだろう」

呟いた問いに答えは何一つ浮かばなかった。

ホテルを出た足で俺は警視庁へ戻ってきていた。

すでに夜の十一時を過ぎている。三係の刑事たちはいない可能性もあるが、捜していた安田の情人が大塚だと知ってしまった以上、このまま黙っていることはできなかったのだ。

人気の少ない廊下を進み、階段で捜査一課のある六階へ上がると、まだ煌々《こうこう》と明かりがついていた。三係には……一本杉《いっぽんすぎ》警部が残っている。

ちょうどよかった。

扉を開けたとたん、一本杉警部が弾《はじ》かれたように顔を上げた。そして俺のもとに飛んでくる。

「雨宮、よかった、戻ったか。何度も電話したんだぞ」

明らかにほっとした様子に俺は首を傾《かし》げた。今日は東郷の所へ向かう前に「帰る」と一本杉警部に告げたはずだ。俺が戻ってくるのを待っているのはおかしい。

「すみません。電波の届かない所にいて…。何かあったんですか？」

「ああ、お前の兄貴がお呼びなんだ。さっさと行ってこい」

「兄……ですか？」

キスマークを見られて以来、兄は俺を仕事中に呼び出さなくなっていた。夜も俺は東郷の所にいることが多く、俺たちはほとんど顔を合わせていない。

もう諦《あきら》めたのだろうと思っていたのに……。

深い溜息をついた俺は、「わかりました」と頷《うなず》いた。

「そうか。じゃあ、ちゃんと伝えたからな。俺はもう帰るぞ。かみさんがカンカンだ」

「あっ、警部」

安田の情人が……そう喉《のど》まで出かかったものの、続きは呑み込んだ。それを言いにきたにもかかわらず、一瞬東郷の姿が脳裏を過ぎってしまい、せめて奴に一言聞いてからでもいいのではないか、そう思えてきたのだ。

「兄貴の所に行きたくないと言うのはやめてくれよ。頼むからお前たちの兄弟喧嘩《げんか》に俺を巻き込まないでくれ」

「違いますよ。ただ……明日。そう明日、俺に少し時間をください」

真顔で告げると一本杉警部も表情を引き締めて了解してくれた。

警部は「がんばれよ」と軽く肩を叩《たた》き、急いで部屋を出て行く。それを見送った俺も、兄のいる部屋へと歩き出した。しかしその足取りは警部と違って重い。

また『相手は誰だ』と問いつめられるのだろうか。

兄を納得させるためには、すべてを話すのがてっとり早いだろうが……逆に取り返しのつかないくらい逆上されてしまう気がした。

兄の統括《とうかつ》する警務部の人事第一課と第二課は、昇進などを決めるというその業務の内容から他の部署から離れた場所にある。そのため普段から人通りも少なく、この時間になるとまるで無人だった。

不気味な静けさに緊張感を増しながら、俺はドアの前に立ったままノックを躊躇っていた。しかし中から「入れ」と兄の声が聞こえてくる。

ノックをして部屋に入ると、兄は一つだけある机につき、その天板に両肘をついてこちらを見ていた。その顔は先日俺が久しぶりに家に帰ったときと同じ無表情だ。

能面のようなそれに兄の怒りの度合いが計れ、背筋に冷たいものが流れる。

「遅くなってすみません」

「かれこれ四時間の遅刻だな。おかげで私は夕食も食べてない」

淡々と言い放つ兄に俺は「すみません」と言葉を重ねた。いつもならすぐに「どこにいた」「何故すぐにこない」と問いつめてくるのに、今日の兄にはその気配がない。まるで俺が何をしていたか知っているとでも言うような……。

その不安を煽《あお》るように兄は机の上に封筒を投げた。

「きなさい。とても興味深いものが手に入ってね。塔也《とうや》にも見せてやろう」

「興味……深いものですか？」

平静を装いながら兄の前まで行き、机に視線を落とした瞬間、一気に血の気が引いた。封筒から飛び出ていたのは俺と東郷が一緒に写っている写真だったのだ。

しかも一枚ではない。兄によって逆《さか》さにされた封筒からは次から次へと、東郷との写真が落ちてくる。

「ほら、興味深い写真だと思わないか？　私の弟が何故か男と一緒にいるものだ。しかも私はこの男とのつきあいを許した覚えがない。一体どういうことだろうね。塔也」

「……」

「何か言いなさい、塔也」

「……」

「言いなさいと言ってる。聞いてるのか、塔也！」

突然語気を荒くし椅子から立ち上がった兄が机に散らばった写真を鷲掴み、投げつけてきた。俺は酷く混乱して、兄の怒鳴《どな》り声がどこか遠くに聞こえてしまう。

ざっと見ただけだがアポロホテル内で撮られた写真は見あたらない。先日食事に連れて行かれた際に盗み撮られたものだろう。

だが問題は撮影者がなんの目的でこの写真を撮ったかだ。そして、その写真が何故ここに…兄の手元にあるかということだ。

一瞬東郷が兄を脅《おど》すために送りつけたのかと思ったが、違う。奴ならこんな写真を盗み撮らせるまでもなく、あのビデオやもっと過激なものを送りつけるだろう。

だとすると何かの目的で東郷とは関係ない誰かが送りつけてきたか、それとも……兄が撮らせたかだ。

いくら過保護な兄でも、まさかそこまでは…。

「これは……捜査のため……ただ食事をしただけです」

緊張と混乱に声が掠《かす》れてしまった。兄は俺の稚拙《ちせつ》な嘘をせせら笑うように、だが目つきは険《けわ》しく問いつめてくる。

「この期《ご》に及んでまだ…。まだお前は私を騙《だま》すつもりか。私をないがしろにするつもりか」

「違います。俺はそんなつもりじゃ…」

「だったらこいつとの関係を説明しなさい。捜査のためなら何故こんなに親密になる必要がある。お前のその体に残っていた大量のキスマーク。その犯人もこいつだな」

「……」

「黙っていても、お前がこの男が所有するホテルに入り浸《びた》ってるのは調べてわかってるんだぞ。私の言いつけも守らず、家に帰りもせず、しかも仕事中に抜け出してまでこの男のもとに通ってるらしいじゃないか。これを見ろ、この報告書を！　お前が何時何分にホテルに入り出てきたかの記録だ。毎日毎日、何時間も、何十時間もホテルなんかに男と一緒にいて……お前は私のものであるその肌をこの男に触らせ続けていたのか！」

「！」

再び投げつけられ、床に落ちた書類袋に俺は目を見張った。そこには『探偵事務所』の文字が印刷されていたのだ。

「調べさせたんですか？　実の弟を」

「ああ、当然だ」

躊躇《ちゅうちょ》なく頷いた兄に、目の前が暗くなった。そして、俺の中で急速に何かが冷めていくそんな感覚がして…。

「最低だ」

無意識にそう呟いていた。怒りに目を見開いた兄が机を回って俺に近づき、拳を振り上げる。

頭の芯がぶれるような衝撃が訪れ、頬の痛みとともに口の中に血の味が広がった。

「最低だと！　お前は誰に向かってそんな口をきいてるんだ。私はお前の兄だぞ。最低なのはお前だ、塔也！　私に内緒で潜入捜査など危険なことをしたらしいじゃないか。しかもそれにかこつけてこんな男と…。お前はこの男が何者か知っているのか。こいつは昔から違法で汚い商売をしている男なんだぞ。お前が側に寄っていい男ではない」

「……。だったら何故捕まえないんですか？」

「なに？」

「兄さんはその男が違法な商売をしていることを知っていたんですよね。だったらさっさと捕まえればいいじゃないですか、それなのに何故捕まえないんです？」

「くっ」

口角から漏れた血を拭きながら真っ直ぐその顔を見据《みす》え言い返す。こんな戸惑《とまど》った、それでいて悔しそうな兄の顔を見たのは初めてだった。

「とにかく、この男には近づいては駄目だ」

「……」

「私が駄目だと言ったら駄目なんだ」

兄の声は次第に大きくなり、その態度は威厳《いげん》などない、ただの子供のものだった。

本当は兄の答えを聞くまでもなくわかっている。

アポロクラブはその会員の多くが金持ちや権力者で、政治家や官僚も多い。つまり東郷はその会員すべての、人には言えない秘密を握っているも同然なのだ。警察は手が出せないのだろう。

しかし兄は説明をするわけでもなく「駄目だ」と繰り返すばかりだ。その頑《かたく》なな姿は酷く滑稽《こっけい》に見えた。今まで尊敬していたことが信じられないぐらいに。

兄はこんなにまでして何を守ろうとしているのだろう。本当に俺を守るために言ってくれているのだろうか？

ふと、『大切な人を守る』と言った東郷の姿が思い出された。

違法な事業をしている東郷と、警察官僚である兄。格好よく見えるのは兄であるべきなのに、何故だろう。東郷の姿が頭から離れない。彼の姿がやけに凛々しく感じられて…。

兄はエゴの塊《かたまり》にしか見えなかった。

「じゃあ、兄さんはいいんですか？　東郷と会っても」

ぼそりと呟くと、兄は鼻で笑う。

「何を言ってるんだ、お前は。私の知り合いにこんな男はいない」

「喫茶店で会ってたじゃないですか。東郷も兄さんのことを知っているようでしたよ」

「！」

「兄さんこそ、東郷とどんな関係なんですか？」

「黙りなさい！　それはお前が知る必要のないことだ。とにかくお前は中止になった捜査になど関わるな。そして、こいつと二度と会ってはいけない。いいね」

俺に指摘されて一瞬青ざめた顔が、再び怒りの色を浮かべた。

今までの俺ならただ頷いていただろう。しかし、今は不思議と言葉が…自分の意志が、するりと喉から出てくる。

「兄さんから見れば俺はまだ半人前かもしれません。でも、俺だって一応刑事なんです。俺は俺のやり方でやります」

「……どういうことだ？　まだこの男と会うというのか」

兄の表情が更に険しくなった。しかし俺はそれ以上何も言わず兄に頭を下げると、ドアに向かって歩き出す。

「待て、塔也、待てと言ってるのが聞けないのか」

「……」

「わかってるのか、お前は刑事なんだぞ！」

悲鳴にも似た兄の声が聞こえたが、俺は足を止めず静かに部屋をあとにした。

静まり返った薄暗い廊下に自分の足音だけが響いて聞こえる。その音はきたときにも増して鈍《にぶ》く重い。

「お前は刑事なんだぞ……か……」

なんて当たり前のことを言うのだろう。そうなるように指示したのは兄だ。そして俺はこれまで頑張《がんば》ってきたつもりだった。

しかし、今その言葉が酷く胸に痛い。

当たり前じゃないですか……と、振り返って言えたらどんなによかっただろう。

どうして逮捕しないのか。

それは本当は兄ではなく自分に向けた言葉だったのではないだろうか。刑事である自分が、今の俺を戒《いまし》めるために発した言葉だったのかもしれない。何故、許しているのかと。何故さっき一本杉警部に報告してしまわなかったのか、と。

はじめは痴態《ちたい》を誰にも知られたくないから要求を呑んだだけだった。そして、安田の情報を引き出すまでの我慢だとも思っていた。

しかしその両方の枷《かせ》がなくなった今、東郷に飼われる意味も逮捕を躊躇する必要もない。自分を凌辱した東郷を逮捕してやる、と意欲に燃えてもいいはずなのに…。

一ヶ月前、初めて潜入捜査を任《まか》されたときに感じた熱意が湧いてこない。それどころか東郷を憎いとも逮捕したいとも思っていない自分がいるのだ。

「俺は刑事失格だな。いや、もともと向いてないのかもしれない…」

刑事になったのも兄の指示。刑事として頑張ろうとしていたのも兄の支配から抜け出すため。

そんな半端《はんぱ》な意識で一人の人間が死んだ事件の捜査をしていたなど、冷静になった今は自分がどんなに刑事に向いていないのかがわかる。

だが、兄よりも強烈《きょうれつ》な人物と関わって、だんだん兄の支配下にいるという感覚は薄れてきていた。

結局、俺は自ら兄という枠に捕《と》らわれて、自分のやりたいことを何一つも見つけられていなかったのだと今更ながらに思う。

だからだろうか。東郷の姿がやけに思い出されるのは。

『大切な人を守るため』と断言した奴の姿がやけに眩しく感じられるのは。

「東郷《とうごう》……和司《かずし》…か…」

違う場で出逢っていたら俺たちは今どんな関係だったのだろう。

もう少し一緒にいたら、もっと違うあいつが見られるのだろうか？

写真で見たあの穏やかな顔を見ることもできるのだろうか…。

その名を呟きながら庁舎を出て空を見上げると、くすんだ夜空に見えるはずのない北極星がかすかに煌《きら》めいた……そんな気がした。

時刻は午前零時。日付が変わったことを告げる腕時計の短いアラームを聞きながら俺は、目の前のアポロホテルを見上げていた。

こうしてこのビルを見るのは三度目になる。一度目は初めて捜査を任され任務に意欲的だったとき。二度目は捜査が中止になり、屈辱とやり場のない怒りに燃えていたとき。そして、三度目に見上げたそれは、今日の俺の気分を代弁するかのように窓明かりが一つもなく夜の闇《やみ》に紛《まぎ》れていた。

実際は客と男娼が中にいるのだろうが、明かりが漏れないようにしているらしい。

最上階、オーナー室の明かりも見えない。

こんな時間にこんな所にきて何をしているんだろうと、思わず苦笑が漏れる。

ここは俺にとって凌辱され続けた場所で、進んではきたくない場所だ。それなのに、兄に啖《たん》呵《か》を切って警視庁を出たあと、気が付くとここにきていた。

あいつの…東郷の顔を見たかった。

認めたくないがそうなのだろう。奴の顔を見ればこのモヤモヤとした気分が晴れる……そんな気がしたのだ。

「違法風俗店のオーナーで、しかも変死事件の情報を黙っていた男の顔が見たいなんて、やっぱり俺は刑事に向いてないいんだろうな」

再び苦笑を漏らしながら、俺は入り口に向かって歩き出した。

いつものように長い廊下を通りフロントへ出ると、フロントマンはいつもと変わらず、突然きた俺に驚きも慌《あわ》てもしなかった。

しかし俺を警戒していないのはどういうことだろう。東郷は本当に俺一人動いたところで何もできないと思っているのだろうか…。

誰の妨害《ぼうがい》も受けることなくオーナー室へ辿《たど》り着いた俺は、見慣れたその重厚なドアをノックもせずに開けた。するといつものように机につき、ノートパソコンに向かっている東郷の姿がある。こんな時間まで仕事をしているようだ。

その姿は俺をあんなに虐《しいた》げた男と同じ人物とは思えないぐらい格好いい。

そしてやはり何故、と思う。東郷なら相手に不自由していないはずだ。それなのに何故彼は俺を選んだのだろう？　そして今もまだ抱き続ける？

「お前を呼んだ覚えはないが？」

そう呟きながら東郷の視線はパソコンに向けられたままだった。俺を見る気もないらしい。

淡々とした東郷の態度に、自分の行動が恥ずかしくなってきた。

こう言われるのはわかっていたはずなのに、本当に俺は何をしにきたのだろう。

ようやく東郷がこちらを見た。そしてノートパソコンを閉じ、近づいてくる。東郷からはかすかに煙草の香りがした。

「確かさっき俺は帰れと言ったはずだが？」

「……帰ったよ。一応」

警視庁にだけど…。

「それなのに呼びもしないのにまたきたのか」

呆《あき》れた東郷の声に俺はいたたまれなくなってきた。『顔が見たかった』とも言えず視線を逸らすと、東郷に顎を摑まれ無理矢理戻されてしまう。

「素直に俺に会いにきたと言えばいいものを」

「！　ちっ、違う」

「じゃあ、抱かれにきたんだな」

不敵な笑みを浮かべながら濡れた声で囁かれ、勝手に心臓がドキン…としてしまった。

顔が熱くなっていく。

俺をからかうように東郷はクク…と意地悪く笑った。

「なんだ、まさか恥ずかしいんじゃないだろうな。今更恥ずかしがるような間柄じゃないだろ」

「っ、悪かったな。俺は…」

言葉をそこで切り、俺は目の前の顔をじっと見つめた。

恥ずかしがるような間柄じゃないなんて、東郷はどういうつもりで言ったのだろう。

東郷の心が知りたい。そう目に込めて俺は東郷を見つめた。

しかし、東郷は視線を逸らし、ドアに向かって歩き出す。

「東郷？」

「出かけてくる」

「出かけてくるって……俺は？」

言った瞬間後悔した。これではまるで構って欲しいと言っているみたいだからだ。

東郷はそのままドアノブを摑み、出て行こうとする。

しかし後ろ手にドアを閉めようとしたその背中が、ふと振り向いた。そして暫《しばら》く俺を見つめてきたかと思うと、何かを決心したかのように静かに瞬《まばた》きをする。

「戻ってくるのには暫く時間がかかるだろうから、お前は帰るなりベッドで俺を待つなり勝手にしろ」

「あっ、ああ…」

淡々と言い放たれた声にどこか違和感を覚えながらも頷いたが、東郷はすぐにドアを閉め、行ってしまった。

主《あるじ》を失い静まり返った部屋に一人残されてしまう。

「ほっとしたような、悔しいような、なんだ、この複雑な気分は」

あのまま奴の顔を見つめていたら何か答えが出そうな気がしていたのに…。逃げるように去って行ってしまった。

東郷は俺に何かを言いたい……そんな感じだったのだ。それに視線を逸らしたとき、一瞬だけつらそうな目をしていたようにも思えた。

もしかして何か大きなトラブルをかかえて、つらい決断でもせざるを得なかったのかもしれない。金持ち相手の、しかも違法ビジネスだ。トラブルも公にできないことが多く、オーナーとしては大変なこともあるのだろう。

だがそんな姿さえやはり俺には眩しい。人としても刑事としても何もできていない俺には眩しくて…。

「これからどうするかな…。勝手にしろと言われても、ここには時間を潰せるようなものはないし」

帰るという選択肢がない自分に苦笑しながら部屋を物色してた俺は、ふと机の上のノートパソコンに目が止まった。

ドクン…と心臓が嫌な音を立てる。

あのパソコンは東郷が愛用しているものだ。おそらく中にはこのアポロクラブの男娼や顧客に関する重要機密事項が詰《つ》まっているだろう。少なくとも大塚のスケジュールや相手をした顧客情報は入っているに違いない。それを捜査すれば、もしかすると安田事件に関して決定的な証拠を得られるかもしれないのだ。

しかし…。

出て行くときに見せた東郷の物言いたげな視線が、俺の行動を阻《はば》んでくる。

東郷は俺の目的を知っているにもかかわらず、何故不用心にパソコンを置いていったのだろう？　あれを覗《のぞ》いた俺を東郷はどう思うだろう。そう考えると一歩が踏み出せない。

だがこんなチャンスは二度とない。そしてもし俺が決定的な情報を持って帰らなければ、この事件はこのまま闇に葬《ほうむ》られてしまうのだ。

『お前は刑事なんだぞ！』

兄の叫《さけ》び声が聞こえた気がした。幼いころから俺を呪縛《じゅばく》し続けたその声は、次第に俺の中で大きく聞こえ始める。その声を振り払うように俺は首を左右に振った。

「違う、俺は兄に言われたからやるんじゃない。俺が刑事だからやるんだ」

いくら向いていないとしても、俺個人の都合で安田の死をうやむやにしていいはずがない。

自分に言い聞かせるよう吐き捨て、俺は大股で東郷の机に近寄った。そして閉じられたノートパソコンを開いて天板に片手をつくと電源ボタンに触れる。

かすかな音を立てて動き始めたそれに、胸の奥に痛みが走った。

しかし湧き起こりそうになるものを押し殺して画面を見つめる。

起《た》ち上がったそれにはロックがかけられていた。マル秘の個人情報が入っているのだ、当然の処置だろう。

「パスワードか…。やっかいだな」

俺は東郷について得ている情報を記憶の中に呼びおこしながらキーボードを叩き続けた。

しかし東郷の名前、誕生日、アポロクラブに関すること等々知っている限りのものを入力したがすべてエラーになってしまう。

もう思い当たる数字も文字もなく、焦りだけが募《つの》っていく。

「東郷が決めたパスワードだからな。アポロクラブには関係ないものかもしれない。だがそれ以外だとまったく見当もつかないし……まさか俺の名前とか?」

駄目で元々だと、俺は自分の名前を入力した。しかし間髪入れず聞こえてきたエラー音に苦笑が漏れる。何を馬鹿なことをしているのだろう…と。

やがて苦笑は溜息へと変わった。

もう諦めよう。

そう思って視線を画面から逸らしたものの、ふと引出しの中で見つけた写真立てが脳裏を過ぎる。

「そういえば。あいつの死んだ弟の情報は入力してないな。えっと名前は確か…」

東郷……祐輔《ゆうすけ》。

なんとか思い出せたその名前を入力すると、ようやく画面が開く。

しかしそのとき、ノックもなく突然部屋のドアが開かれた。ギクリとして顔を上げるとそこには先程出て行った男が立っていて…。

「東郷…」

呟く声が震えた。

東郷は無言でこちらに近づいてくる。

向けられる冷たい視線が、誤魔化《ごまか》しも言い訳も通じないことを示していた。しかもその手にはここしばらくつけられていなかった鎖《くさり》付きの首輪が握られている。それをどうするのか……聞くまでもない。

「どうして今更…」

「どうして？　おかしなことを言う。躾《しつけ》の必要なペットには首輪が必要だろ？」

にやりと意地悪く笑みを浮かべた東郷が手を伸ばしてきた。俺は捕まるまいと後ずさろうとする。しかし肩を掴まれ、そのまま窓に突き飛ばされてしまった。

「くそっ、東郷どけ！」

窓についた両手で押し返そうとしたが、背後から東郷に覆い被さられて身動きが取れない。

その間にも冷たい革が首に絡みついてくる。

「くっ！」

首輪に付いた鎖を強く後ろに引かれ、俺は息ぐるしさに仰《の》け反《ぞ》らずにはいられなかった。

そんな俺を冷たく見下ろし、東郷が背後から耳元に唇を寄せてくる。

「久しぶりに繋がれる気分はどうだ?」

呟かれたその声は淡々としていた。以前のように蔑《さげす》みや憎しみは感じられない。ただ俺に対する苛立ちが感じられる。

「大人しくベッドで待っていればいいものを…。馬鹿な真似《まね》をしたな」

「……もしかして。仕組んだのか」

「ああ、すべて見せてもらった。お前がいかに俺に反抗的なペットかってことをな。もっとも、お前が祐輔の名前を知っていたのは予想してなかったが。安田のことだけじゃなく、ずっと俺のこともかぎ回っていたのか。そのためにここにきていたのか」

「っ」

するりと俺の股間に伸びてきた東郷の手がベルトを外し始めた。体を揺すって抵抗しようとするが覆い被さられたままではまるで意味をなさず、手慣れたその手はあっと言う間にズボンをくつろげてしまう。

下着まで引き下ろされ、萎《な》えた俺の性器が照明の下に晒《さら》された。

しかし東郷はそれには触れようとしない。

ジッパーを引き下ろす金属音と尻の窄まりに触れた熱い感触に、恐怖を感じる。

「まさかお前いきなり…」

「もちろん、そのまさかだ」

「待て、そんなの無理、ひぃ、つっっっっ――――――――っ！」

片手を腰に添えられたかと思うと、熱く硬い東郷の肉棒の先端が俺の尻の窄まりに押し入ってきた。

襲ってきた耐《た》え難《がた》いほどの痛みに、俺は全身を引きつらせる。

「っ……さすがにこれはこっちがきついな」

「だか……ら……抜……け……」

「抜いたら躾にならない」

そう言うと東郷はスーツのポケットから取り出した容器を開け、液体を剝《む》き出しの俺の尻に垂《た》らした。そしてたっぷり濡れた窄まりに、再び己の肉棒を突き立ててくる。

「いっ、っっっっっ……」

一気に最奥まで貫かれ、俺は痛みと圧迫感に意識が遠退いた。しかし再び突き上げられる感触に現実に引き戻される。

クチュ、クチュ、と淫らな水音を立てながら、東郷の硬い肉棒が俺の中を出たり入ったりし始めた。

まだやっと呑み込んだばかりだというのに……怒っているかのようにその律動は荒々しくて容赦《ようしゃ》ない。

「はっ……東郷……もっ……もっと……ゆっくり……して……くれ……」

俺はたまらず硝子に爪を立て、腰を引こうとした。だが東郷はそれを許すつもりはないようだ。

「こんなに俺を呑み込んでよく言う」

「あっ、んっ、んっ、んっ、んっ、んぁっ！」

俺の呼吸を無視したその動きは、ここで飼われ始めたときと同じだった。窓に映り込むその表情も、貫いてくる肉棒の熱さとは裏腹にわざと作っているかのように冷たい。

かつては当たり前だったそれが、今は凄《すご》く苦しくて胸が痛くなってくる。

「あっ……もう……やめろ……俺は……もうっ……嫌…だ……」

「嫌だ？　誰がお前の意思を聞いた？　それに誰に向かって口をきいてるつもりだ」

「んっ、あぁぁぁぁっ！」

硬くなった東郷の肉棒の先がグリグリと最奥を擦った。

何度も何度も突き上げられ、擦りつけられ…。東郷に抱かれ慣れた体は奴の肉棒を深々と咥え込み、触られてもいない自身を勃起《ぼっき》させて先端の窪《くぼ》みにうっすらと蜜すら滲《にじ》ませてしまう。

「んっ……あっ……あんっ………」

執拗な律動に、もう声も抑えられない。

「はぁっ……あっ……あぁぁっ……」

快感に酔《よ》い始めた体から力が抜けて、足が崩れそうになる。ただ蜜を滲ませていただけだった先端の窪みからも、恥ずかしいそれが滴り始めていた。

そのとき、東郷が正面の硝子を睨み付けた。そして、俺の耳元に唇を寄せてくる。

「もう前がずぶ濡れじゃないか。相変わらずお前は淫乱だな」

「あっ……ちがっ……俺は……あっ、あぁぁぁっ！」

「いや違わないな。お前は相当な淫乱だ。……なあ、お前もそう思うだろ、雨宮謙一《あめみやけんいち》」

「えっ……」

東郷の口から言い放たれた名前に俺は我が耳を疑った。ぎこちない動作で顔を上げると、開けっ放しの入り口に呆然《ぼうぜん》と立ちつくす兄の姿が窓に映っている。

己の見たものを拒否しようとする俺の耳に、震える兄の声が聞こえてきて…。

「塔……也……」

「……」

どうして兄さんがここに…。

自由になる首だけを後ろに向け、そう呟いたはずの言葉は声にならなかった。

視界に捉えた顔面蒼白の兄の姿に強い目眩《めまい》を覚える。犯されながら凍《こお》り付く俺に、東郷がクスッ…と耳元で意地悪く笑い声を立てた。

「俺が呼んでおいた」

「なっ……」

「お前が俺にどう犯されているのかをあいつに見せてやろうと思ってな」

「どうして、そんなの約束が違う」

俺は兄には痴態を見せない約束で、お前に飼われるのを承諾《しょうだく》したんじゃないか！

そう責めるように俺は東郷を睨み付けた。

「約束？　そんなものした覚えはないぞ」

「そ…れは…」

「もっともお前がどういう行動に出ようと、俺はこうせざるを得なかっただろうがな」

「あっ！」

奥まで食い込んでいた肉棒が一気に引き抜かれた。

こんなときにもかかわらずゾクン…と襲ってきた快感に身震いした隙《すき》に、東郷は俺を机に強く突き飛ばしてくる。足に力が入らずふらついた俺はみっともなく机の上に乗り上げてしまった。

「っ！」

「塔也！」

それまで呆然とその場に立ちつくしたままだった兄がはっと我に返り、駆け寄ってくる。しかしすぐに扉の側にいた体格のいい二人の男に両脇を摑まれてしまった。

「貴様ら離せ。誰の腕を摑んでいると思っているんだ。私は警視正だぞ」

「兄さん！」

俺は兄を助けようと上体を起こそうとしたが、仰向《あおむ》けのまま机に強く押さえつけられてしまう。抵抗しようと振り上げた手も首輪に付いていた鎖を巻き付けられ封じられてしまった。

「東郷、離せ！」

「兄弟そろってうるさい奴らだ」

「くっ！」

東郷が、持っていた首輪の鎖を兄のいるほうへ向かって投げつけた。長さと重さのある鉄のそれは机を越えた所で落下し、俺の手首と首を絞め付けてくる。

両手を頭上に上げて、なんとか首が絞まるのは免《まぬか》れたが、これでは身動きがとれない。

東郷は俺を嘲笑《あざわら》い、机に仰向けになった両足を摑んで、大きく左右に開いてくる。

「なっ、やめろ、東郷、離せ……離せっ！」

必死に足を閉じようとするが東郷の腕はビクともしない。

これではは ち切れそうなほど勃起した肉棒が丸見えだ。しかもそれは東郷だけでなく、二人の男に両腕を捕まえられ立っている兄の目にも晒されていて…。

視界にこちらを見ている兄の姿が入る。

「いっ…いやだ……兄さん……見ないでください」

必死に自由にならない首を振って叫ぶが、兄は視線を逸らそうとしない。ぴくりとも動かず俺の股間を凝視《ぎょうし》している。

「兄さん！」

「よく見えるだろ。雨宮謙一。男に無理矢理突っ込まれてペニスを勃起させているこれが、お前の愛する弟の本当の姿だ」

「塔也…」

兄の声が酷く掠れていた。東郷は濡れそぼった俺の尻の窄まりに再び熱い肉棒の先端を押し当ててくる。

俺は真っ青になって目を見開いた。

「いやだ、東郷やめろ。それだけはやめてくれ。兄さん。目を逸らしてください。お願いだから見ないで…あっ、あぁぁぁぁ――――――っ！」

クチュッ、と卑猥な音を立てて熱くて太い東郷の肉棒が押し入ってきた。兄へ見せつけるようにゆっくり根元まで入ってきたそれは、中で止まることなくゆるゆると前後し始める。

「はっ……あぁ……あっ……あぁぁっ……」

グイッと最奥を突かれたかと思うと引き抜かれ、また一気に突き上げられた。

「いや……だっ…んっ……東郷…やっ……めっ……もう……やめっ………」

漏れそうになる嬌声を必死に堪《こら》えながら哀願する。

東郷はガタガタと重厚な机を揺らす程、その動きを速めてくる。

「あっ、あっ、あぁぁっ！」

激しく最奥を突かれ、俺はたまらず身悶《みもだ》えてしまった。唇を噛《か》み締めるが、感じる所ばかり弄ってくる東郷にすぐに力が抜けてしまう。

すでに勃起していた俺の肉棒は天を向いたまま。その先端の窪みからはしたない蜜をトロトロと漏らし続けていた。

「んっ……あっ……んんっ……」

こんなみっともない姿、晒したくなかったのに…。今ぎくしゃくしているとはいえ、息苦しく思っているとはいえ、俺を大事に育ててくれたことには変わりないのだ。その兄にだけは見せたくなかったのに…。

東郷はどうしてこんなことを、こんな酷いことを…。そんなに俺が憎いのだろうか。

そう思って俺は東郷を睨み付けた。しかし奴の目は俺ではなく、兄に向けられている。その瞳に表れているのは憎しみ、俺が初めてここにきたときに向けられたものと同じだった。

どういうことだ？

頭上の東郷は兄に向かって冷たく唇の端を吊り上げた。

「どうだ、見えるか、雨宮謙一。お前の弟が俺を咥えて喘ぐ様が」

「………」

「お前の弟はいいぞ。中も柔《やわ》らかくて締めつけも最高。このクラブの中でも最上級の男娼の一人だ」

「……」

「なんなら抱いてみるか？　もっともこいつは俺のペットとして仕込んだ。体の隅々《すみずみ》まで俺のザーメンの匂いが染みついているがな」

「や…め……ろ」

無言のままその場に立ちつくす兄へ暴言を吐き続ける東郷に、俺はたまらず震える声を上げた。そして兄に視線を移す。

「兄さん…んっ……出て……行って……ください……お願い……だから……ぁっ……兄さん」

快感に攫《さら》われそうになりながらも、俺は必死で兄に声をかけ続けた。しかし兄は声も上げずぴくりともしない。

ショックで動けないにしても変だ。

東郷が「無駄だ」とぼそりと吐き捨てるように呟いた。

「出て行くわけないだろ。見てみろ、あいつの股間」

言われるまま視線をずらした俺は言葉を失った。兄の股間は傍目《はため》にも勃起しているのがわかるほど膨《ふく》らんでいたのだ。

「なんで…」

「お前が犯されるのを見て興奮したからに決まってるだろ。自分が犯してるつもりにでもなってるんじゃないか？　あいつは弟を…お前を幼いころからずっと性欲の対象としてしか見ることができなかった変態だからな」

「！」

信じられない東郷の言葉に俺は再び兄を凝視した。

兄のいつも鋭かった目はその片鱗《へんりん》も感じられないほど血走り欲情している。息づかいも荒い。

こんな兄の姿には覚えがあった。俺の体に東郷に付けられたキスマークを見つけたときと同じだ。

あのときの奇怪《きかい》な行動も、それが俺に欲情していたと考えればすべて合点がいく。そして、兄の過保護にしても度がすぎる構い方もだ。

しかしだからと言って、幼いころから性欲の対象になっていたなんて信じたくなかった。

「嘘だ。兄さんはそんな人じゃない。兄さんは厳格で俺のことを弟として…」

「なら聞いてみればいい。なぁ、雨宮謙一」

東郷に名前を呼ばれた兄の体がみっともない程揺れたのがわかった。

「とっ……塔也……私は…」

呟かれた兄の声が欲情に掠れている。俺に向けられた視線もこのクラブの会員が俺に向けてきた欲情した雄《おす》のそれと同じものだった。

怒りに……言葉が出ない。いや自分に向けられるものが欲情なのか愛情なのかを見抜けなかった己が、悔しくて情けなくて何も言えなかった。

ただ兄から視線を逸らして唇を噛み締めるしかできなくて…。

一瞬東郷の視線を感じた。そして足を掴んでいた手が俺の顔に伸びてくる。しかし俺はただ硬く瞳を閉じた。

結局その手は俺の顔に触れず、視線も兄へと再び向けられる。

「どうだ。雨宮謙一。最愛の弟を男に犯される気分は。最低だろ」

「貴様、まさかそれが目的で…」

「ああそうだ。これはお前に殺された弟の復讐《ふくしゅう》だ」

勝ち誇ったように言い放った東郷に、俺ははっとした。

殺された弟って…。

写真で見た綺麗な少年の姿が思い出される。彼は自殺したはずだ。

「殺したなどと人聞きの悪いことを言うな。私は何もしてない」

「何もしてない？　俺の前でよくそんなことが言えるな。自分が欲情する実の弟に雰囲気が似ているからというだけで祐輔を誑《たぶら》かし、犯して薬漬けにまでしたくせに。それで飽きたら捨てたのはどこのどいつだ」

「そっ、それは……」

「お前に捨てられた祐輔がどうなったか、知らないわけじゃあるまい？」

「それこそ私とは関係ない。事件が起こったとき、私とは完全に縁が切れていた。勝手にお前の弟が自殺したんだ。私のせいにしてもらっては困る」

まるで他人事《ひとごと》のように言い捨てた兄に東郷は眉を顰めた。そしてただでさえ冷たいその表情を更に凍らせていく。

「ああ、確かにお前の言うとおり、あいつが勝手に病院の屋上から飛び降りたんだ。お前に捨てられて体もボロボロでおかしくなってな」

「だっ、だから私……塔也に近づいたのか」

「いや、近づいてきたのはこいつだ。俺はそれを利用させてもらったまで。お前の弟の体を復讐の道具としてな」

「！」

氷のような東郷の声色に、俺は頭を殴られたような気がした。

「復讐の……道具？」

思わず声にしてしまうと、東郷の視線が一瞬俺へ向けられる。しかしかすかに眉間に皺を寄せた東郷は、何かを振り切るようにすぐに視線を逸らしてしまった。

「ああ、お前は道具だ」

再び呟かれたそのセリフは俺の胸を深くまで貫いてきて…。

東郷が俺を憎く思っているのは感じていた。セックスも自分勝手で、呼び出しも突然。俺のことを気遣ったことなんてなく、俺を好きで抱いているわけではないとわかっているはずだった。なのに何を今更ショックを受けているんだろう、そう思う。思うのに……。

胸が痛い。逸らされた視線が、繰り返された『復讐の道具』という言葉が、その冷たい声色が俺の胸を深く貫いて、痛くてたまらない。

「さて、途中になってるものをさっさとすませるか」

体は密着しているのに、東郷の声が果てしなく遠くに聞こえた。

兄が「やめろ！」と狂ったように叫び出している。

東郷は俺の足を持ち上げて大きく左右に開き直し、体勢を整えると、己の肉棒をゆるゆると出し入れし始めた。

「あっ……んっ……あぁっ……」

次第に速くなる東郷の律動に、俺の口から生理的に漏れる吐息も熱くなる。

東郷の太いそれを咥え続けすっかり柔らかくなった蕾は、クチュ、クチュ、とまるで悦《よろこ》びの歌を奏でるように淫らな水音を立てていた。

しかし、その音は酷く虚《むな》しく耳に届いた。体はどんどん熱くなるのに、気持ちよくなれない。突っ込まれて喘いでいる自分の声が滑稽に聞こえる。与えられる快感が心を上滑りしていく。

東郷がかすかに眉を寄せた。しかし開かれそうになった唇はすぐに硬く閉ざされ、ただ突き上げだけが激しくなる。

「やめろ！　東郷、塔也に触るな。塔也、何故抵抗しないんだ。抵抗しなさい！　私の命令だぞ」

「はっ……んっ……あっ……」

「塔也、聞いてるのか！　私の命令だぞ！」

「あっ……あっ……あっ……あっ……ああっ……」

「塔也、塔也ぁ！」

「あっ……あっ……あぁぁっ、あぁぁぁ――――っっ！」

兄の叫び声が悲痛になればなる程東郷に激しく突き上げられ、俺は気が付くと白濁を迸《ほとばし》らせていた。

虚しい解放感が全身を浸食してくる。

ドクン…と中で東郷が弾けたのを感じながら、俺は視界に項垂《うなだ》れる兄の姿を捉えていた。

スーツもよれよれになり髪も乱れたその様子に、俺が尊敬していた兄の面影《おもかげ》はどこにも感じられない。

両脇を男たちに抱えられたまま部屋を連れ出される兄の姿に、俺はかける言葉すら浮かばなくて…。

兄の姿が見えなくなると、東郷は己の肉棒を引き抜き身支度を整え始めた。一切スーツの乱れもないその姿は俺を抱いていたとは思えない。

そんな奴と比べると自分の姿がたまらなく情けなくなって、俺は肘をつき上体を起こした。

ふと東郷と目が合う。

沈黙が……痛い。

何をどう言えばいいのか、わからなくて…。

東郷もまたただ俺を見つめてくるばかりだ。

「東…郷…」

ようやく声になった言葉は情けないほど震えてしまった。それに反応したように東郷も口を開きかける。しかしその唇はまたしても開くことなく、何かを吹っ切るように背中を向けてしまった。

「東郷？」

「お前も出て行け」

「っ………」

「そして、もう二度とくるな」

「どういう…ことだよ」

東郷はこちらを向こうともしない。ただ淡々とした声だけが返ってくる。

「これ以上刑事にうろちょろされるのは迷惑だし、何より道具としてのお前はもう価値がないからだ」

「！」

「それにお前の体はいい加減飽きた」

「あ…飽きたって……」

「幸いここにはお前よりも上等なペットはたくさんいるしな」

「……」

「もっとも、お前を男なしの淫乱にした責任だけは取ってやる。抱かれたくなったときはいつでもここにこい。しつこい金持ちのジジイなり、活《い》きがいい男なり用意してやる。お前も一応ここの男娼だからな」

「お前、言わせておけばっ！」

紡《つむ》ぎ出されるそのセリフ一つ一つに胸を抉《えぐ》られる。痛くて、苦しくて……カッとなった俺は東郷の肩を掴み、拳を振り上げた。東郷は、まるでそうなることを予想したかのように静かに目を閉じる。

しかし俺は震える拳を奴の頬に振り下ろすことができなかった。

どうして俺に殴る資格があるだろう。

確かに俺は東郷に酷い凌辱を受けた。しかしそれは兄が起こした過去の過ちから始まっている。東郷の弟を自殺に追い込んだのは自分の責任だなんて偽善を言うつもりはないが、兄をあんなにしてしまった責任の一端は俺にもあるように思うのだ。

もし俺がもっと早く兄の呪縛から解放されていたら、自分の道を見つけていたら、何かが変わっていたかもしれない。

東郷の弟も死なず、写真で見た東郷の表情も………今はもう見せることのないあの穏やかな表情も失われていなかったかもしれない。そう思うとこいつをこれ以上傷つけることなんてできなくて…。

「くっ、そっ……」

俺は東郷に背中を向け歩き出した。

東郷が引き留《と》める様子はない。

振り向くことなく出た廊下は、今までの騒ぎが嘘のような静寂に包まれていた。

この廊下も歩くことはもうないだろう。

そう思うといろいろなことが思い出される。

ここに初めてきたときの緊張感、東郷に騙され凌辱されたときの怒りと悔しさ、食事に誘われたときの戸惑い、そしてあいつが最近見せるようになっていた優しさ。

嫌なことのほうが多くて、これで縁が切れるのは清々するはずなのに、なぜだろう、涙が溢《あふ》れそうになる。まるでここに……東郷の側にいて、あいつをいつも感じていたいと嘆いているようにだ。

「………ああ、そうか。やっとわかった。俺、あいつのことが好きだったんだ」

時折、あいつの冷たい態度や言葉に感じていた原因不明の痛み。それも東郷に好意を抱いていたんだと……好きなんだとわかれば納得がいく。

「まったく、どうしてあんな酷い奴、好きになるかな」

しかも今更気付くなんて、『二度とくるな』と言われたばかりなのに、遅すぎるとしか言いようがない。

しかし、気付いてしまった想いを消すことも誤魔化すこともできなくて…。

使い慣れた正面玄関からホテルを出てその外観を見上げると、溜息が漏れた。

その重い吐息に、心の中で仄《ほの》かに見えていたものが霞《かす》んでいく……そんな気がした。

警視庁六階にある捜査一課はいつものように慌ただしい雰囲気に包まれていた。

中でも俺たち三係の刑事は特に忙しく動き回っている。三日前、東郷と別れた次の日の朝、大塚と安田の関係を俺が一本杉警部に報告したことによって、止まっていた捜査が再開、解決へと急激に動き出したのだ。

そして今、取調室では事件の重要参考人として呼ばれた大塚が取り調べを受けている。その他にも何人かの関係者が呼ばれていたが、その中には東郷の姿もあった。

重要参考人の上司として、大塚のことを聞きたいというのが表向きの名目のようだが、それだけなら本庁にまで呼ぶ必要はない。叩いて埃《ほこり》を出してやろうという腹があるのだ。

今回の事件は大塚が安田に売春行為をしていたものと見て、風俗営業や売春の取り締まりを扱う生活安全部保安課と捜査をすることになった。彼らは大塚の勤め先で、高級社交クラブという機密性の高いアポロクラブに目を付けたらしい。それでこの事件と一緒に東郷とアポロクラブを調べようとしているのだ。

しかし、今のところアポロクラブが高級売春組織だったという報告は聞いていない。少なくとも今はまだ東郷が捕まることはないということだ。

そう思うと正直ほっとする。

大塚と安田の関係を伝え、さらには『アポロクラブ』の登記上のオーナーが傀儡《かいらい》で東郷が実質上の代表者だと報告したのも俺だ。なのにほっとするのは矛盾しているだろうが、東郷を好きだと自覚した今、奴に捕まってほしくないという気持ちも誤魔化せなくて…。

いったい今彼は何を思ってあの狭い取調室にいるのだろう。

こんな状況に追い込んでしまった俺をどう思っている？

潜入捜査を行った刑事がいては取り調べに支障が出る可能性があるという理由で、外されている俺には、奴の姿を想像するしかできない。

でも…。

「快く……思っていないのは確かだな…」

また一つ溜息が漏れたとき、不意に後ろから肩を叩かれた。振り向くと一本杉警部が機嫌よさそうに立っている。

「おい、どうした。今回の立役者が溜息か？　お前の情報が事件解決への糸口になったんだから、もっと胸を張れ」

「……。そうですね」

久しぶりに見る警部の晴れやかな顔に俺もつられて笑みを浮かべた。すると警部は強面《こわもて》のそれを更に弛《ゆる》めてくる。

「それにしても今回は完全に雨宮の粘《ねば》り勝ちだな。お前が諦めてたらこの事件は迷宮入りだったぞ」

「すみませんでした。勝手なことばかりして」

「なに、もう終わったことだ、気にするな。それに俺は今回のことでお前を見直したよ。実は内心、意欲はまあまあだが兄貴がいなきゃ駄目なお坊ちゃんだなって思っててな。だが、根性がある奴じゃないか」

「はは…。お坊ちゃんですか。確かにそうでした。そう思われても仕方ないって自分でも思います」

「最近はあの兄貴から電話もかかってこないし、これからは即戦力として使っていくからな。覚悟してこれからも俺の部下として頑張ってくれよ」

その期待の大きさを示すように肩を力強く叩かれ、俺は曖昧《あいまい》な笑みを浮かべた。

この期待は俺が欲しかったものだ。きっと以前の俺なら「頑張ります」と力強く頷いていただろう。しかし今はそれができない。

東郷と別れたあと、俺は兄のいる実家から出て一人暮らしを始めた。

当然兄は猛反対してきたが強引に踏みきり、三係への電話も警部への圧力も『やめなければ嫌いになる』と脅し、やめる約束をさせた。そんな陳腐《ちんぷ》な脅し文句が効くなんてお笑いだが、三日たった今も電話がないということは効いているのだろう。

一人暮らしをして、兄と距離を置いて……少しでも兄の言いなりだった自分から脱却したいと思っている。そのために、兄の庇護下に居続けてしまうこの職を辞することも考えているのだ。

嬉しそうに話し続ける警部に申し訳なさを感じていたとき、先輩刑事の一人が「大塚が安田との関係を認めました」と部屋に飛び込んできた。一瞬にして警部の表情が引き締まる。

「そうかやっと吐いたか。かれこれまる二日か？　結構粘ったな」

「俺が聞いたと言っても完全な状況証拠ですからね。否定されたら終わりです」

「ああ。だが体液のＤＮＡの結果を突きつけられて観念したんだろ。殺意があったかどうか、これからまた正念場《しょうねんば》だな」

一本杉警部は急いだ様子で俺に書類を指さしてくる。

「雨宮、俺は今から上に大塚の報告に行ってくる。悪いがここにある書類を会計課と留置管理課に持って行ってくれ」

「わかりました」

「おお、それから。お前が気にしていた東郷ってオーナーだけどな。大塚の勤務状況ぐらいしか聞き出せていないらしいぞ」

「……………。そうですか」

東郷という名前に心臓が跳ねた。

「俺は傀儡オーナーなんて置く時点で怪《あや》しいと思うんだが、今回の事件との関わりは見つけられていないようだし、他に調べるような材料も出てこねぇしな。保安課なんかは大塚の自宅とともに、そいつの自宅と『アポロクラブ』も関係先として調べて売春と関連づけようとしてたらしいが、出した家宅捜索願いが却下されて手が出せなかったそうだ。やっぱりクラブの会員たちかな、あの男には強力なバックがついているんだろ」

「……」

バックではなく奴が弱みを握ってるんです。

そう心の中で呟いたときには一本杉警部はすでに去っていた。早く報告に行きたいのだろう。指示された書類を持ち、一本杉警部のあとを追うように廊下に出た俺は、先程よりも胸が軽くなっている自分に苦笑を漏らした。

「黒の奴を黒と報告もせず、それどころかほっとするなんて、やっぱり俺は刑事として失格だな…」

擦れ違う仲間に聞こえないようぼそりと呟くと、俺は指示された課へ急いだ。

そして警部に頼まれた書類を処理し再び六階に戻ってきたとき、進行方向にある会議室の扉が開く。事情聴取が終わったのか、部屋から出てきたのは東郷だった。

この二日、連日呼び出され長時間拘束《こうそく》されていたためか表情に疲れが見える。だが、その立ち居振る舞いは堂々としていて、刑事を気後《きおく》れさせる存在感を醸《かも》し出していた。

いつどこにいても東郷は東郷だ。

その場に立ち止まったまま目を奪われていると、東郷がこちらに向かって歩き出した。次第に近くなるその姿に、ドキン…と心臓が高鳴る。

まるで小学生の初恋みたいだった。だが、あいつと目が合うかもしれない。そう思うだけで馬鹿みたいにドキドキしてしまって…。

東郷がすぐ目の前まで近づいていた。

しかし……奴はそのまま俺の横を通りすぎてしまう。気付いているはずなのに目を合わせることもなく、俺なんて知らないかのようにだ。

「俺は…俺たちはもうなんの関係もない……そういうことか……」

なんとも東郷らしい反応に力ない笑いが漏れた。そして切ない痛みが心に広がっていく。

これまでならただ「あいつらしい」と笑ってやりすごせたのに……できない。かと言って「東郷」と声をかけることもできない。

俺は刑事で、あいつの弟を死に追いやった男の弟で…。どうして声をかけることができるだろう。まして好きだなんてどの面をさげて言えと言うんだ？　言えるはずがない。

そして今、俺の中にかすかに残っていた望みさえ潰《つい》えてしまって…。

東郷の靴音がどんどん遠ざかっていく。その切ない響きに俺は振り向くことさえできなかった。

誰かを好きになったとき、その想いはどうやって伝えればいいのだろう。

想いを拒《こば》まれたとき、どうやってその人を忘れればいいのだろう。

叶《かな》わないとわかっていながら、どうして人は人を好きになってしまうのだろう。

◇◆◇

時刻は午後十一時。あと一時間で日付が変わろうとしているこの時間に、俺はまたアポロホテルの前に立っていた。

すでにここに用はないというのに、それでも東郷に拘束されることが多かったこの時間、気が付くと俺はここに立ってしまっている。

「！」

聞き覚えのある携帯の着信音が鳴っている気がした。俺は急いでスーツの胸ポケットに手を伸ばし携帯を取り出す。しかしそこに着信の記録はない。別の誰かの携帯だったようだ。

「……ったく、何を慌ててるんだろう。あいつから連絡なんてあるわけないのに」

安田の変死事件は大塚の仕業ということで一応の決着がついていた。

警察が発表した事件のあらましはこうだ。

大塚は自身が勤める『アポロクラブ』で会員の里村代議士に付き添っていた安田と知り合い、プライベートで交流を持つようになった。お互いＳＭという趣味を持っていることがわかり肉体関係に発展、今回興奮のあまり首を絞めるという行きすぎたプレイで安田を死亡に至らしめる。

結局アポロクラブがなんたるかは一切明るみにされていない。大塚もそのことは話さなかったようだ。捕まる前に東郷と取引したことは容易に推測される。

その東郷は廊下で擦れ違ったあとも何度か呼ばれていたようだった。今はおそらくこのホテルの最上階にいるのだろう。

ふと別れを告げられたときに言われた『代わりのペット』という東郷のセリフが脳裏を過ぎった。

「やっぱり俺の代わりのペットと……」

そう思うと、とたんに胸が痛み出す。だが、もはや奴に飼われているわけでも、まして恋人でもない俺に口を出す権利はない。

ただ過去を過去、現実を現実として受け入れ、溜息を漏らすことしかできなくて…。

「やぁ、やはり君か」

背後から聞こえてきた馴《な》れ馴《な》れしい声に俺は眉を顰めた。振り返るとスーツ姿の中年男が立っている。

誰だ？

一瞬そう思ったものの向けられるそのいやらしい目つきで思い出した。俺が東郷に飼われる前、俺が今のようにここに立っていたときに声をかけてきたアポロクラブの会員だ。

男の背後には見覚えのある車が停まっている。俺がいるのに気付いてわざわざ出てきたらしい。

「また君に会えるなんて、私はなんてラッキーなんだろうね」

「……」

俺はアンラッキーだ……と大人げないことは言わなかった。ただ男の話に付き合う気もなく、俺は背中を向けて歩き出す。しかし男に腕を掴まれてしまった。

「ちょっと待ちなさい」

「何か用ですか？」

「ああ、君、アポロクラブの男娼を辞めたって本当かい？」

明らかに上ずっている男の声に俺は眉を顰めた。

男は歳《とし》のわりに強い力で俺の腕をしっかり掴み、もう片方の手を背中に這わせてくる。気持ち悪さに引き離そうとしたが、振り払えない。まさか乱暴なことをするわけにもいかず、俺は長居しすぎた自分に舌打ちした。

「そのとおりです。ですから手を離していただけませんか？」

正直面倒になって、男に話を合わせてこの場をやりすごそうとしたが、男はかえって興奮しだした。

「おお、やっぱりそうだったのか。それはいいことを聞いた」

「どういうことです？」

「君、私に飼われなさい」

「は？」

「『は？』じゃないよ。私が飼ってあげると言ってるんだ」

声を大きくしていく男に、俺は呆れて返事をする気力もなかった。「じゃあ」と言い、力が緩んだ一瞬の隙に男の腕を振り払い歩き出す。しかし今度は後ろから肩を摑まれてしまった。

「どこに行くんだ。そっちじゃないぞ。私の車はこっちだ」

「……。あの、俺はですね」

「話は車の中で聞いてあげよう。さあ、早く乗りたまえ」

「ちょっ、ちょっと」

強引に歩き出した男に引きずられかけたそのとき、「三室《みむろ》様」と思わぬ方向から聞き覚えのある声がかけられた。声のしたほうへ視線をやると、ホテルの玄関からフロントマンがこちらに近づいてくる。

フロントマンは深々と三室に頭を下げた。

「三室様、防犯カメラに映っておりましたので、失礼ながら会話を聞かせていただきました。こういった行為は当クラブの規約に違反いたします」

「そっ、それは……」

「よろしかったら今すぐ退会のお手続き、または罰則のご説明をさせていただきます」

やんわりとした口調だが容赦ないそのセリフに、よほどクラブを退会させられたくないのだろう、男は俺の腕を放しそそくさと車へ逃げ帰った。

走り去る車を唖然《あぜん》として見送っていた俺に、フロントマンが恭《うやうや》しく頭を下げてくる。そしてきたときと同じように優雅にホテルへ戻っていった。

闇に紛れたその姿に、俺は首を傾げずにはいられなかった。監視カメラで見ていた誰かから連絡が入ったのだろうが、フロントマンがホテルから出てくるなんて聞いたことがないからだ。

「フロントマンが出てくるなんてよほどのことか、それとも誰かが命令を……！」

そこまで口にしてはっとした。そして弾かれたようにビルの最上階を見上げる。

まさかと思うがそれしか考えられない。あいつが……東郷が命令したとしか……。

「おまえが……助けてくれたのか？」

願いを込めたその言葉は相変わらず星の見えない夜空に吸い込まれていった。

「………なんだ、これは」

一人暮らしの自宅でポストから持ち帰った郵便物に目を通していた俺は、差出人の書かれていない白い封筒を開けて眉を顰めた。

中に入っていたのは一枚のプラスチックカードと小さなメモ用紙に書かれた都内の住所だ。その仕様から見てどこかの部屋のカードキーのようだが…。

配達間違いかと手書きで書かれた宛名《あてな》を確認したが『雨宮塔也』と書かれている。

「たれ込み情報か？　カードキーなんてどこかのホテルか……」

ふっとアポロホテルが思い浮かんだ。しかし住所が違っている。

だとすると他のホテルか一般のマンションだろう。それもおそらく高級なマンションだ。

「……まさか」

再び宛名を見ると、その字は以前盗み見た書類の字と似ているように思う。

しかし、東郷は俺にもう二度とくるなと言ったはずだ。そして現にもう一ヶ月近く連絡はない。

だがその字を見れば見るほど、東郷だという確信が強くなってきて…。

「とにかく行ってみるか」

床から腰を上げた俺は封筒に入れたカードと脱いだスーツの上着を掴み、帰ってきたばかりの部屋を慌ただしくあとにした。


送られてきた住所はアポロホテルから近いタワー型の億ションだった。

俺が借りたワンルームマンションとは何から何まで設備が違う豪華さで、コンシェルジュまで常駐する高級感に溢れているマンションだ。

そのマンションの『3001』と書かれた部屋の前で俺は、緊張に喉を鳴らしていた。

送られてきた鍵《かぎ》がこのマンションの部屋のものだということは一階のオートロックシステムが解除された時点で確認されている。そして、インターフォンを鳴らしても誰も出ない。おそらく家主、…東郷はアポロクラブにいるのだろう。

本来なら改めて訪れるべきなんだろうが…。

剝き出しの鍵を送ってきたのは東郷からのメッセージではないか、勝手に入って待ってろと言われているのでは、そう思えてならないのだ。

何があるのだろう……そう考えると正直入るのが怖い。

しかし、確かめもせず逃げ帰ってしまうのも、今のまま東郷を忘れられないでいることもしたくなかった。

「東郷、入らせてもらうぞ」

意を決した俺は、震えそうになる指で送られたカードキーを読みとり機に翳《かざ》した。

カチャリとロックが解除された音が響く。

一つ深く呼吸しノブに手をかけてそっとドアを引くと、煌々と明かりのついた玄関に出迎えられた。鍵が開くと電気がつくシステムになっているようだ。

「すっかり犯罪者の気分だな」

俺は刑事のはずなのに…。そう思いながらも靴を脱いで上がり、廊下を歩くと、かすかにドアが開いている部屋があった。

ドアを軽く押し開けて中を覗くと、壁一面の棚にはぎっしりと本が置かれている。どうやら書斎のようだ。正面の机には書類などが積まれている。そしてその中心には見覚えのあるパソコンも置かれていた。

「あれはアポロクラブにあった…」

はっとした俺はあまりあるとはいえない刑事魂に突き動かされるように、部屋の中に体を滑り込ませた。そして、パソコンへ向かうとその電源ボタンに触れる。しかし起動したそれはやはりロックがかけられていた。

「たしか弟の名前だったな」

以前と同様に祐輔という名前を入力したものの、エラー音が鳴る。もう一度試してみるが、結果は同じだ。俺に開けられてしまったためパスワードを変えたのだろう。

しかし、だったら何故東郷は俺にこの部屋の鍵を送ってきたのだろう？　そしてまるでこの部屋を調べろとばかりにドアを開け、いつも持ち歩いているはずのそれをここに残したのだろう。

「もしかして、パスワードも俺が想像つくものに変わっている？」

そんな気がして、俺は何かに導かれるように自分の名前を入力した。

次の瞬間、ロックが解除され見覚えのある画面が開かれる。男娼が聞いた情報をまとめたのだろうか、中にはアポロクラブの会員たちの赤裸々なデータが保存されていた。

「こいつ……二課が追ってる政治家のデータじゃないか。こっちはインサイダー取引の疑いがある企業の社長のデータ……って、なんであいつこんなもの俺に…」

改めて周りを見ると積まれている書類もアポロクラブのものだった。

重要と思われるそれに俺はますます困惑してしまう。

これではまるで俺に調べてくれと言っているようなものだ。

いや、取り調べでも何も明かさず大塚とも取引をしただろう東郷が、そんなこと考えられない。

しかし…。

「どうだ。気に入ったか？」

「！」

突然背後から聞こえた声にギクリとした。

慌てて振り向くとドアの所に東郷が立っている。

別れを告げられたときと同じような状況だ。だが、今は東郷に導かれたという事実がある。

俺は挑《いど》むような目を東郷に向け、スーツのポケットからカードキーを出すとパソコンの横に置いた。

「東郷。どうしてこんな物を俺に送ってきた。こんな重要な情報が置かれているのに…。ここはアポロクラブにとって……いや、お前にとって心臓のようなものだろ」

「ああ、そうだな。確かにここの物を見られるのは非情にまずい」

「だったら何故だ。何故刑事の俺なんかに教える」

「………」

「パスワードだってそうだ。何故変えたんだよ。しかも俺の名前なんかにして、なんのつもりなんだ」

「何故何故とうるさい奴だ。パスワードは変えたかったからだ。特に理由はない」

淡々とした東郷の口調に俺はますます眉を顰めた。俺の名前を使っておいて理由がないなど納得いかない。

東郷は机の一番下の引出しからＤＶＤを取り出し差し出してくる。

「お前が犯されるところを撮影したＤＶＤだ。そのパソコンのデータとともに持っていけ」

「な」

胸にＤＶＤを強く押しつけられ、俺は驚きながらも慌ててそれを受け取った。しかしその手は東郷に摑まれてしまう。

「東郷、お前な…」

なんのつもりだ。

そう言おうとした声は重なった東郷の唇に奪われた。キスされたのだ。

一瞬頭が真っ白になってしまう。

しかし、腰を強く抱き寄せられる感触に我に返った俺は、東郷の胸を突き飛ばした……はずだったのに。東郷は俺の手を強く握ったままだった。

俺を真っ直ぐに見つめるその目には蔑みや冷たさはなく、熱く、真っすぐに思いをぶつけるように真摯《しんし》なそれに変わっていて…。

「データは持っていけ。そのかわりお前の心を差し出せ。いいな」

「！」

俺の心って…。

顔が熱くなっていくのがわかった。

しかし高鳴ろうとしている胸を戒《いまし》める。東郷が俺の心なんて欲しがるわけがない。俺の心が欲しいなんて…俺を好きになれなんて言うはずがない…と。

「……お前。自分が何言ってるのかわかってるのか」

呟いた声は動揺に震えてしまった。しかし東郷はからかうこともなく冷静なそれで頷く。

「ああもちろんだ」

「もちろん……って、何勝手なこと言ってるんだよ。もうくるなって言ったのお前だろ」

「そうだな」

「俺はただの復讐の道具だったんだろ？　代えもいろいろいるんだろ？」

「ああ、そうだ」

「だったら…」

「確かにお前は復讐するために選んだ、ただの道具だった。代えもきくはずだった。………そう。『だった』んだ。この計画はお前を切り捨てて終わりにするはずが、いつからか狂い始めていたらしい」

「冗談………」

「俺も自分がお前に興味を持っているって気付いたとき、冗談じゃないと思ったさ。なぜ俺が雨宮謙一の弟なんかを助けたり優しくしなくてはいけないんだ…とな。だからお前を突き放そうともした」

そういえば東郷が急に煙草を吸い始めた時期があった。

大塚から襲われていた俺を助けたあとの東郷はやけに苛々している様子だった。もしかしてあれは自分の行為に戸惑っていたのだろうか？　セックスの後始末をしたときも？

急に優しくなったと思ったら冷たくなったり、ときおり何か言いたげにしたり…。

「俺はお前の兄貴へ復讐すると弟に誓った。しかしこのままではお前を道具として見ていられなくなると感じて、お前の兄貴を呼んだんだが……もう手遅れだったようだ」

「もうくるな」と言ったあのとき、俺の顔を見なかったのは見られない事情があったのだろうか…。

「突き放せば放すほどお前のことを思い出す。しかもそんなときにお前は毎日のようにホテルの下にきて物欲しそうな顔を見せてくるし、更には他の男に言い寄られる危なっかしさだ」

「……。もしかしてこの前、フロントの男に俺を助けるように指示したか？」

「ああ。私のものに手を出させるな、とな」

「！」

不敵な笑みを浮かべた東郷にトクン…と胸が高鳴った。トクン、トクン、と萎《しぼ》んでいた心が急速に息を吹き返すように、鼓動が速くなっていく。

私のもの……なんて傲慢《ごうまん》なセリフだろう。俺を飼おうとしたときと同じようなセリフなのに、以前のそれとは違うと東郷の目を見ればわかる。俺はお前が欲しい…とその強い思いがひしひしと伝わってくる。

「もちろん返事はＹＥＳだな。嫌だと言わせるつもりはない」

触れられている胸から速い鼓動が伝わったのだろうか。当然のように東郷が再び俺の腰に手を回してきた。

東郷の言うとおり返事はＹＥＳだ。ＹＥＳに決まっている。俺のほうこそお前を求めていたのだから…。

しかし、「お前は俺を好きだろ?」という態度を取られるのは少し悔しい。こうして俺が当然抱き寄せられる立場だと思われていることもだ。

「なんだよ、それ」

俺は腰に回された手を叩き落とした。そして、かすかに表情を曇らせた東郷を挑発的に見上げる。

「言っておくけど、俺はお前のペットに戻るつもりはないからな」

「……。ほぉ、なるほど。それなら何がいいんだ?」

「……」

「俺の何ならお前はＹＥＳと言う?」

「そ…れは…」

「ほら、言ってみろ。考えてやらなくもないぞ」

東郷はわざと俺に言わせようとしているようだ。

まさか素直に『好きなんです』なんて言える可憐《かれん》な口は、俺は持ち合わせていなくて…。

「なら条件がある」

「条件？」

「ああ」

と小さく頷く。そして素早く背伸びをして、今結ばれたばかりの東郷の唇に己のそれを押しつけた。接触事故としか言いようのない乱暴でお子様なキスだ。

それでも俺にとっては自分からした初めてのキスで……顔が熱くなっていくのがわかった。

俺は精一杯強気に、奴が落ちるように微笑む。

「こういう関係が条件だ」

「……なるほど」

一瞬驚いた顔をした東郷だったがすぐにククッ…と忍び笑いを始めた。

「よくわかった。それなら…」

「！」

腰が引き寄せられる。その腕は先程のよりも更に力強く有無《うむ》を言わせない。

「問題ないな」

囁きに男の艶《つや》っぽさを滲ませ、東郷の唇が近づいてきた。目を閉じると奴の唇が噛みつくように重なってくる。

「ふっ……んっ……」

何度も何度も。少し濡れた赤い唇が重なっては名残惜しむように離されて…。熱を帯びた東郷の舌が俺の中に滑り込んできた。

「んっ」

リアルな感触に無意識にビクリと体を震わせてしまうと、東郷はお互いの服の生地さえ邪魔だというように抱きしめる腕に更に力を加えてくる。

俺は奴の背に腕を回し、もう一方の手を見た目より柔らかいその黒髪に埋《うず》めた。

それが合図だったかのように舌が触れ、どちらともなく絡め合う。

「んっ……んんっ……」

熱いそれを擦りあわせるとクチュ、クチュと耳を嬲《なぶ》る音がした。その水音を楽しむように東郷は舌の動きを激しくしてくる。

「……んっ……ん……」

柔らかい舌を何度も吸い上げられ、口腔《こうこう》を撫でられ……激しすぎるキスに溢れ出てきた唾液《だえき》すら呑み込めない。

激しくされるほど頭の奥が痺《しび》れてきて体中がおかしくなっていく。触られてもいないのに股間はジンジン疼《うず》いていた。

キスだけでイってしまいそうだ。

恥ずかしくて、でももっと続けたくて、俺は東郷の髪に埋めた指で頭皮をまさぐりねだってしまう。

しかし奴は意地悪く唇を離してしまった。

「はっ……ん」

名残惜しげな声が漏れそうになって俺は口を結んだ。

だが、一度灯った欲情の灯火《ともしび》は簡単には消えない。中途半端に放り出され、快感を知る体は余計に疼き出してしまう。

いつの間にかボタンを外され下着が覗いている股間も、誘うようにその膨らみを大きくしていて…。

「キスだけでそんなに大きくしているのか？　相変わらず淫乱な奴め」

「んっ」

からかいを含んだ吐息で首筋を擽りながら、東郷が下着の中に指を滑り込ませてきた。

キュッと乱暴に締めつけられる。

「あっ……そんなに…強く…握るなって」

「酷くされるの、好きだろ？」

「違っ……んんっ」

指が膨らみに絡みつき、張りつめた薄皮を上に下に扱《しご》き始めた。

「はぁっ……んっ……あっ……ぁっ……」

少し強めに、だが痛すぎない絶妙な力加減で俺の性器を締めつけ、擦り上げて止まらない。

「あっ……はっ……あぁぁっ……」

下着はずり落ちて、はち切れそうなほど膨らんだ肉棒は東郷の手の中でブルブル震えながら淫らな姿を晒していた。その先端には白濁が滲み出ている。

「前から思っていたが、お前、童貞だろ」

「なっ」

図星をさされ、俺はただでさえ上気していた顔を更に赤くした。東郷は楽しそうに白濁を先端に広げるように撫でつける。

「あぁっ！」

「セックスに溺《おぼ》れやすいわけだ。キスも今のが初めてか」

「うっ……うるさいな……もてなかった……んだから……仕方ない……だろ」

「本気でそう思ってるのか？　あいつが邪魔してたんだろう。男からも女からもな」

「……」

「しかしあの男も役に立ったというべきか。おかげで俺はお前を好きなだけ自分の色に染められて、楽しめる」

「あっ、やっ、あぁぁぁっ！」

先端の窪みに添えられていた指がグリグリとそこを強く弄り始めた。

「やっ、そんなに……弄ったら…」

絶頂が近いペニスは大きくヒクつき、指で栓をするようにその窪みを弄られているにもかかわらず、ひっきりなしに蜜を流し続ける。

東郷の指も俺の肉棒も液体にまみれている。

「あっ……東郷……駄目だっ………」

「もう少し我慢しろ。こんな早漏《そうろう》に仕込んだ覚えはないぞ」

「そんな…お前が…あっ、やっ、駄目っひっ、あぁぁぁっ――――っっっっ！」

意地悪く爪の先で口の内側を引っかかれ、俺は我慢しきれず白濁を噴き上げてしまった。

ポタリ…と蜜が東郷の指を伝わり、床を淫らに汚していく。

東郷は俺のペニスを根元から先端まで扱き、一滴も残さず搾《しぼ》り取ろうとした。

俺は東郷の肩に顔を埋めると、ククッ…とからかう笑い声が聞こえてくる。

「一人でしなかったのか」

「……できるかよ」

「やり方は前も後ろも躾けたはずだが？」

「うるさい……」

お前のことを考えていてそんな気も起きなかった……なんて言えない。

ふと煙草の香りが微かに鼻を擽った。

「煙草……吸ったのか？」

「……。ああ」

少し声のトーンを落として答えた東郷に、俺は笑みを零《こぼ》す。

相手のことを考えて不安になったり落ち着かなかったのは、俺だけじゃなかったらしい。あの東郷が…そう思うとおかしくて、でも嬉しくて胸の奥が温かくなっていく。

「なんだ？　その笑いは」

「お前さ…苛立つと……煙草吸う癖《くせ》……あるだろ」

「……」

東郷の眉間にかすかな皺が寄った。そしてすぐに意地悪な表情に変わり、俺の蜜で濡れた指を後ろに回す。

「相変わらず立場を弁えない奴だ」

「んっ！」

濡れた二本の指が一気に尻の窄まりに押し入ってきた。

窄まりが悲鳴を上げているのがわかる。

「あっ……いきなりは……無理…」

一ヶ月近く弄られていないのだ。入るわけがない。

しかしお構いなしに東郷の指は根元まで入ってきた。そして指先で柔らかな壁を擦りつけ始める。

「あっ、あぁぁぁっ！」

ゾクゾクン…と全身に快感が走った。俺の体を知り尽くしたその指は傍若無人《ぼうじゃくぶじん》に蠢《うごめ》きながら感じる部分ばかりを弄ってくるのだ。

「はっ……あぁっ……」

イったばかりだというのに、俺の性器は呼応し、はしたなくも鎌首を擡《もた》げている。

東郷はそれを一瞥《いちべつ》して指を増やした。

「これのどこが無理なんだ。もう三本も咥えてるんだぞ」

「んっ……あっ……はっ……お前が無理矢理……入れた……から……ぁっ……」

「こんなに中をとろけさせてよく言う。たまには素直に『気持ちいい。もっと弄ってくれ』ぐらい言ったらどうだ」

「そんな……ぁっ……の……俺が……言える……か……」

「だったら言わせるまでだがな」

「はっ、あっ、そこ……やっ……あぁ、あぁぁっ！」

凄くイイ。

俺は唇を噛みしめ必死に首を左右に打ち振った。

「あっ……あっ……あっ……」

クチュ、クチュ、と淫らな水音の効果音と巧《たく》みな指が俺を捕らえて離さない。

淫猥《いんわい》さを増した快感が渦のようになって俺を襲ってくる。

「はぁっ……あっ……あっ……あぁっ……」

足がみっともないほどガクガクと震え出した。ペニスは反《そ》り返って快感を主張している。

東郷を咥え込み続け、何度も何度も擦られた壁はじゅくじゅくして、「もっと、もっと」と東郷の指を締めつけ続けていた。

それに応えるように奴の指も激しさを増してきて…。

凄く気持ちがいい。ぞくぞくしてたまらない。

でも…。何故だろう。弄られれば弄られるほど体の奥が渇望《かつぼう》に疼いていく。

いや、わかっている。足りないものも、欲しいものも。そして、この渇きを潤《うるお》せるのは一人しかいないことも。

「東…郷…」

ねだるようにそいつの顔を熱っぽく見上げた。東郷の瞳は欲情の色に染まっているが、己の欲望をさらけ出そうとしない。

「東郷っ」

「欲しいならばその口で咥えてみろ」

「なっ」

「咥えて浅ましく縋ってみせろ。そうしたら入れてやる」

「……」

なんて酷い奴だろうと思う。こんな奴を好きになるなんて本当に俺はどうかしている。でも…。こんな意地悪な奴でも、欲情したその目を見たとたんゾクンとしてしまうのだ。冷めた目で俺を見ていたあのころには決して見られなかった、奴のそれが俺を喜ばせ、おかしくする。

「いいぜ」

俺は東郷のズボンをくつろげ、下着の中に指を滑り込ませる。

触れた東郷の肉棒はすでに絶頂近くにまで膨らんでいた。熱くて、硬くて、大きい。

こんなものが俺の中に……そう思うだけでペニスが反応してしまう。

一つ熱い吐息を漏らし、俺はそれを下着の中から引き出した。そして上目遣いで東郷を見上げる。

「指、抜けよ」

満足げな顔をした東郷が珍しく俺の言うとおり指を引き抜いた。その刺激に腰をビクつかせながらもその場に両膝をついた俺は、目の前の股間へ顔を寄せる。

「はっ……んっ」

手にしていた熱いものの先端をおずおずと口に含むと、それがビクリとかすかに震えた。俺の愛撫《あいぶ》を悦ぶ反応が心地よくて、俺は奥へ奥へと呑み込んでいく。

俺の口には大きすぎるそれを根元まで咥えることはできなかったが、それでも半分呑み込んだ部分を口腔全体で吸うように圧迫しながら、ゆるゆると動かし始めた。

「んっ……んっ……んっ……」

届かない根元部分は指で扱いていく。唇と指で激しく扱くと、東郷は硬くなった先端で俺の喉を突いてきた。

「んっ、んんんんっ……っ……んっ……」

東郷の味が口の中に広がっていく。

夢中になって強く吸いつくと味が濃くなり、俺の愛撫に感じてくれていることに嬉しくなって体中が悦びに震えた。

ふと東郷の指が俺の頭に触れた。そして顔にかかる前髪を指で優しく退《ど》けてくる。

「いい眺めだ。美味《うま》そうに咥えて、ソレがそんなに好きか？」

「んっ……勝手言ってろ……今は俺が主導権持ってるんだからな…」

覚悟しとけ。

そう心の中で呟きながら、俺は口から東郷を出してにやりと微笑んだ。そして舌を長く出して肉棒の先端に這わせる。

うっすらと蜜が滲んだ窪みを舌先で弄ると、東郷の肉棒が手の中でヒクついた。

「お前……」

東郷は微かに眉を動かし俺の髪を引いたが、その声はまんざらではないようだ。

「いいだろ?」

「……」

「どうなんだよ」

「まぁ……悪くないな」

「好きなくせに」

肉棒をヒクつかせているくせに平然としているふうな東郷が気に入らなくて、俺は一生懸命舌を動かした。

「んっ……んっ……んんっ……ふっ……ぅんっ……」

舌先で鈴口をこじ開け、硬くした舌の先端を孔の中に差し込み蜜を掬《すく》う。すると、奴の性器はおもしろいように蜜を零した。その膨らみは弾けそうなほどの大きさで、咥えているのもつらい。

でも…。感じてくれているんだ……俺に。

そう思うと愛撫しているはずなのに、俺まで快感が増していく。

「んっ……んっ……ふっ……っ……はぁっ……」

口に東郷の味が広がるたび体の奥がジンと痺れて、腰が揺れてしまう。

「ふっ……あっ……ぁぁっ……東郷……俺……また……んんんっ！」

湧き上がってくる疼きに耐えきれず口から東郷のペニスを零してしまったとき、目の前の肉棒が弾けた。勢いよく散った飛沫《しぶき》は俺の顔を遠慮なく汚しつくして…。

床に膝をついた東郷が呆然とする俺の顎を摑み、少し上気した顔を近づけてくる。そして派手に汚した己の精液を舌でペロリと舐《な》め取った。

「お前も、好きだろ。これが」

「んっ…」

男の色気が香る艶っぽい声と生温《なまぬる》い舌の感触にゾクリ…とした。

「そこに四つん這いになって尻を向けろ」

「………」

「俺が欲しいんだろ。入れてやる」

「っ……」

こんな声に誰が逆らえるだろう。

四つん這いになった俺は、羞恥《しゅうち》に耐えながら東郷に尻を突き出した。

まだ芯に硬さを保った肉棒を扱きながら、東郷が俺を凝視している。

「すごいな、尻の孔が赤くなってヒクついてるぞ」

「……」

「しかもこんなにずぶ濡れにして…。ああ、また漏れてきた」

「言うなっ！　早く……しろ」

俺はたまらず腰を揺らしながら身悶えた。フッ…と意地悪く笑い、東郷が覆い被さってくる。

「っ！」

ツン…と熱くて硬いものが尻の窄まりを突いた。その直後、東郷の肉棒が一気に俺の中に押し入ってくる。

「くっ……はっ……あっ……あぁっ……」

久しぶりに太いそれを呑みこむのはつらい。

それでも濡れそぼった秘部は待ちわびていたかのように、奴の性器を呑み込んでしまって…。

「あっ、あぁぁぁぁぁぁぁ――――っっ！」

最奥を突き上げられ、俺はみっともなく白濁を迸らせてしまった。

肩は激しい呼吸に上下し、股間では蜜を滴らせる。

東郷は繋がったまま、俺を後ろから抱き寄せてきた。

「まだ入れただけだぞ」

耳元で笑いを含んだ声音で囁かれ、俺は東郷に顔を向けた。

東郷は気持ちよさそうに笑みを浮かべていた。

見たことのない穏やかな表情だ。

「きっとお前……弟にこんな顔見せてたんだな」

一瞬だけ東郷の顔から表情が消えた。

「あの写真を見たんだったな」

苦笑し、東郷は繋がったまま俺の体を反転させると床に仰向けで押し倒してくる。

「悪い、勝手に見て。でもあの写真のおかげでお前への見方が変わったんだ。こんな顔できるんだって驚いて、ただの人でなしじゃないのかもって…」

何も言わずただ静かに笑みを浮かべる東郷は少しだけ寂しそうに見えた。弟のことを思い出しているんだ……そう思うと、どうしようもなく胸が苦しくなってくる。

「兄さんのこと恨《うら》んでるよな」

「ああ」

躊躇いのないその声に俺は何も言えなかった。

「だが…俺もあいつからお前を奪ったも同然だ。それに今お前に祐輔のことを言われてようやくあいつの最期を思い出した。ずっと思い出せなかったんだ…。いや、思い出したくなかったのか」

「……」

「祐輔は元々体が丈夫ではなかった。それなのに憔悴《しょうすい》するほど激しいセックスを重ね、巷《ちまた》で媚薬《びやく》とうたわれていた薬の乱用…振られたことによる精神的ダメージ。急激に体調を壊して入院した」

「ああ」

今まで耳にした情報が補足され形を現す。

「あいつがいないと騒ぎになって、屋上にいるのを見つけて声をかけた俺に、あいつはなんと言ったと思う。『謙一さん』だ。俺をお前の兄と勘違いしていた。いや、お前の兄がきたと思いたかったんだろうな」

「……」

「そして嬉しそうに俺の所にこようとして足を滑らせた」

「っ」

「そのまま『謙一さん、愛してる』って見たこともないような幸せそうな顔で落ちていったよ。立ち入り禁止の、柵《さく》などない場所だったんだ」

フッ…と疲れたように笑った東郷を見た瞬間、俺はその体を抱きしめていた。

言葉なんて何も浮かばなかった。だから、ただ抱きしめた。でも東郷が同情なんかを欲しがる男ではないということもわかっている。だから…。

「なぁ、激しくしろよ」

「……」

「壊しつくしてやると言ったよな。俺を初めて犯したとき」

「……ああ」

「じゃあ、壊せよ」

「何？」

「壊せって言ってるんだ。この世にお前しか感じられないぐらい壊してくれ。体も……心も」

「……。生意気な」

「んっ！」

東郷が俺の腰に両腕を添え、引き寄せた。半分以上抜けかけていた肉棒が一気に押し入ってきて、俺は思わずゾクンと体を震わせてしまう。

「壊してくれと言ったのはお前だからな。覚悟しておけ。おかしくなるぐらい気持ちよくしてやる」

「ああ、もちろんだ……んっ……はっ、あっ、あぁぁぁっ！」

にやりと挑発的に微笑んだ直後、東郷は容赦なく腰を動かし始めた。

「はぁ……あっ……あっ……あぁぁっ……」

突き上げられては、抜け落ちるギリギリまで引き抜かれ、再びまた一気に貫かれる。

十分慣らされたはずなのに、大きい東郷の肉棒に尻の窄まりが悲鳴を上げているようにヒリついている。

しかし、痛みすら今は甘美《かんび》な快感に変わっていく。激しく突き上げたい……東郷の気持ちがわかるから。

「んっ……はぁっ……んんっ……」

少し息を乱した東郷を見上げ、「もっとこい」と艶っぽく唇を舐めてみせると、東郷は呆れたようにフッと鼻で笑ってくる。

雨宮謙一の弟である俺が、こいつの傷をいやすことはできないかもしれない。

ただ、東郷の悲しみも後悔も、すべて呑み込んでやりたかった。

「……お前はたいした男だ」

「はっ……あっ……あっ……あぁっ……」

東郷を含んだ孔は突いてくるペニスを貪欲《どんよく》に受け入れ、引き抜かれるそれを離すまいと吸いつく。体が…心が、東郷を欲しがっていた。

まだ足りない。もっとこの男を感じたい。もっと奥で…深く…触れ合いたい…と。

「東郷…もっと……深くまで……むさぼれ……よ」

「……」

「なぁ…」

「……。本当に……たいした奴だ」

濡れを帯びた東郷の声は、奴も自身の絶頂に向かって走り始めた証拠だった。

俺のことしか考えていない、夢中な表情。それがたまらなく快感で……嬉しい。

「はっ……あっ……もっと……きて……くれ……」

最奥を抉られ、性感帯に先端を擦りつけられ、俺は東郷を精一杯締めつける。

俺も東郷からもらうのと同じくらい、こいつに快感をあげたかった。

「あっ………あっ………あっ………あっ………あっ………あぁっ！」

東郷の滾りが更にその律動を速め、俺を狂わせていく。俺の腰が快感にうねるたび、東郷も高ぶりを見せ、凄みを増した凶器が俺を貫いた。

もう駄目だ……もう我慢できない。

すでに全身に回った快感という名の淫靡《いんび》な媚薬に、理性もプライドも完全に酔わされて…。

「あっ…いっ……いいっ……あっ、あぁぁぁぁぁぁぁ――――――――――っ！」

俺は全身を激しく震わせながら快感の飛沫を迸らせた。

同時に俺の中で東郷が大きくヒクつき、熱いものが広がっていく。東郷が果てたのだ。

俺の中を埋め尽くしていくこの熱は屈辱以外の何ものでもなかったはずなのに…。それが愛《いと》しく感じられる日がくるなんて思いもしなかった。

しかも相手が憎くてたまらなかったこの男だなんて、きっと過去の俺が知ったら耳を疑うような事実だろう。

解放感に痺れた頭で東郷を見上げていると、奴は乱れた前髪を鬱陶《うっとう》しげに掻き上げた。髪の先から、ポタリ…と汗が落ちてくる。

もう何十回も繰り返してきたセックスで、初めて触れた東郷の汗だ。

ただそれだけのことなのに、こんなに心が温かくなるなんて…。

もっとこいつを感じたい。

苦しいときは側にいてやりたい。

そんな強い望みがはっきりと形をなしてきた。

「東郷」

珍しく上気したその頬に触れると、ずっと心にあった混沌《こんとん》としたものが消えた気がした。

「もう終わりか？」

形のいいその唇に指を這わすと、どちらからともなく唇が近づいていく。

クチュと淫らな音を立てて触れ合った舌を合図に、再びゆるゆると終わりを知らない東郷の滾りが俺の中を律動し始めて…。

「やはりお前は淫乱だな」

酷いことを言うわりにその声音は優しさに溢れている。

色気を感じるその掠れた声に、俺は再び欲望の炎を灯した。

安田変死事件に決着が付いてすでに一ヶ月。俺は一人、兄のいる警務部部長室を訪れていた。

ずっと避けていた兄に何故会いにきたかというと辞表を渡すためだった。

しかし兄は俺の出したそれに触れようともせず、険しい表情で睨み付けてくる。

「なんだこれは」

「辞表です」

「そんなことはわかっている。私は一旦却下したこれを、何故また出してくるのかと聞いているんだ」

声を荒らげながら机を叩いた兄に、俺は深い溜息をつかずにはいられなかった。

いつまでこんなやりとりを続ければ気がすむのだろう。

辞表を初めて提出したのは一週間以上も前のことになる。渡したのは一本杉警部へだった。

お世話になりました、と突然辞表を突き出した俺に、警部は酷く驚き、ショックを受けた様子だった。

しつこく理由を聞かれ引き留められたが、「一身上の都合」とだけ繰り返す俺に、決意が固いと感じたのだろう。渋々辞表を受け取って、上の判断を仰ぐと言ってくれたのだ。

お荷物のような俺を引き留めてくれるのは正直嬉しかったが、違法ビジネスを商売にする東郷を恋人にすると決めた以上刑事を続けることはできない。それが最低限のけじめだと思うから。

そしてようやく自分で決めた道へ一歩を踏み出せる。

しかし次の日、辞職は却下された。以降何度願い出ても一本杉警部は「上の意向だから」と言って辞表を受け取ってもくれない。次第にその顔に申し訳なさすら出てきて……。

上の意向……それが兄の仕業であることは明らかだった。

兄は人事を司る警務部の部長である。俺の辞表一つ握り潰すなんてわけない。

それで俺は直接兄に談判しにきた……というわけだ。

「理由は『一身上の都合』です。我がままを言って申し訳ありません」

あくまで兄ではなく警務部部長に。そう心がけながら恭しく頭を下げると、兄はますます気《け》色《しき》ばんだ。

「一身上の都合だと？　そんなものますます許さん」

「しかし何度取り下げられようと、私の決意は変わりません」

「許さんと言ってるのがわからないのか、塔也。一人暮らしは仕方なく許したがそれ以上の勝手は駄目だ。お前はこれまでどおり私の言うとおりにすればいい。いや、しなければいけないんだ」

向けられる視線は俺を支配し続けてきた有無を言わさぬそれだった。

東郷に犯される場面を見せつけられ、奴の弟の死の責任を問われたにもかかわらず兄の中では何も変わっていないらしい。

「警視正……いや、兄さん私は……俺はもう二十六です」

「そんなことわかっている。お前のことなら誕生日もスリーサイズも足のサイズも子供のころのことからすべて知っているぞ」

「だったら今の俺も見てください。俺はもう一人の大人なんです。保護されるべき歳じゃない。それを教えてくれたのは東郷です」

兄の顔が憤りに引きつった。

「奴の名前は口にするなっ！　辞職も許さん」

「いえ、それはできません」

「命令だ！」

「きけません」

「塔也！」

「辞めます。それに辞めるべきなんです。俺は東郷の犯罪を見逃しました。そしてこれからも見逃すつもりです。こんな俺は刑事でいるべきじゃない」

「！」

「俺は東郷と生きます。もちろん無理矢理じゃありません。俺があいつといたいんです」

「塔也、お前はっ！」

カッと目を吊り上げた兄は大股で近寄り、俺の胸倉を掴んだ。

ここにくると決めた時点で殴られることは覚悟していた。

刑事を辞めると東郷に告げたとき、奴はそれについては何も言わなかった。ただ「エリートを黙らせるには弱みを握るのが一番だ」と珍しくアドバイスを、しかもあいつらしい言葉をくれた。そして、その弱みになる一番の情報はすでに与えられている。

「兄さん、あいつの弟、祐輔さん。死ぬ直前に兄さんに遺言を残していたらしいです。『謙一さん、愛してる』って」

「！」

「幸せそうな顔だったそうです」

「……」

「兄さんを恨んで死んでいったわけじゃなかったんですね」

兄が動揺していた。目を大きく見開き、唇を震わせるその様子は、己の過ちを悔いているようだ。

東郷に追及されたとき、奴の気持ちも考えない言い方をしていたから、てっきりそれ程の情があったのではないのかと思っていた。

だが今の反応を見ると、もしかして兄も東郷の弟のことを…。だからこそ俺に対する執着心が異常な程になったとしたら…。

しかしその考えを口にすることはできなかった。

「受理お願いします。お世話になりました」

胸倉を摑む手をやんわりと外して最後に敬礼をした俺は、兄を残して静かに部屋を出た。

もうこの静かな廊下を歩くことも、騒がしい捜査一課を訪れることもないだろう。

そう思いながら、外へ向かう一歩一歩を感慨深く踏み締める。

しかし警視庁の正門を出ると、背中に負《お》ぶっていたものが取り去られた気がした。

「さてまずは奴のところにいくか」

と、歩き出したとき、ふと東郷が背中を向けて立っていることに気付いた。

何をしているのか……聞くまでもない。違法な高級売春クラブを経営する男が警視庁前でいつから待っていたのだろう。

「自首しにきたのか？」

からかい口調で声をかけると、東郷が振り向いた。

東郷はサングラスを指で押し上げて不敵に微笑む。

「俺のどこが犯罪者に見える」

「全部だよ」

犯罪者のくせに堂々として、しかも目立ちすぎだ。

モデル並の容姿で道行く人を振り返らせている男を呆れ顔で見上げると、東郷は「行くぞ」と顎で促《うなが》す。俺も静かにその歩みに寄り添った。

言葉を交わすでもなく、ただ道を歩いていく。

視界に淡い暖色が入ってきて、目をやると桜の木がすでに綻《ほころ》び始めていた。

これで、兄とも、これまで二十六年間すごしてきた自分ともお別れかと思うと、足下のアスファルトが硬さを失い、柔らかな……そう、まるで花びらで構成された不安定なものに思えてくる。自分で辞職を言い出したにもかかわらず不安なようだ。

しかしその不安は重く嫌なものではなく、さわやかで気持ちがいい。卒業式の気分にも似ているだろうか。

「なあ、以前言ってた大切な人って……弟だよな？」

引出しの中で伏せられた写真の光景が思い浮かんで視線を向けた。東郷は俺を一瞥し、にやりと意地悪く唇の端を吊り上げる。

「なんだ、嫉妬《しっと》か？」

「馬鹿、そんなんじゃないって。ただ、弟だろうなって思ってさ…」

「……。ああ。俺が親父にアポロクラブを継ぐのは嫌だと言ったら、だったら祐輔にやらせると言われたんだ。この仕事は祐輔の繊細《せんさい》な神経でできるわけがない。だが、きっかけが何であれ、俺がやると決めたことには変わりない。変態どもの馬鹿面を拝《おが》んでおくのも、後々ビジネスをおこすときに役に立つだろうからな」

東郷らしいと思う。たとえそれが他人が用意したものでも、己の道に繋げてしまう。きっとその傲慢《ごうまん》とも言える強さに俺は惹《ひ》かれたのだ。

「そうか…」と呟きながら思わず笑みを零すと、東郷もつられたように軽く口元を綻ばせ、サングラスを指の背で軽く押し上げる。

「それより、お前はこれからどうするつもりだ。無職だぞ」

「嫌な言い方だな」

「雇《やと》ってやろうか？　また俺のペットとして。いや、賃金を払うなら奴隷《どれい》か」

俺は軽く睨んだ。

「そんなの願い下げだ」

「遠慮することはないだろ。どうせ似たようなものだ」

「……。だったら数年後に雇ってくれ」

「数年後？」

笑うのをやめ、訝しげな顔をした東郷に俺は「ああ」と頷いた。

「その数年の時間はなんだ。まさか俺とまで別れて出直してくるつもりじゃないだろうな」

思いがけず東郷の独占欲を知らされて返す言葉に詰まってしまった。

「そっ、そんなこと言ってないだろ。ただ俺はちょっと勉強を…弁護士になる勉強をしようと思って」

「弁護士？　確かお前は法学部卒だったな。だが四年のブランクは大きいだろ」

「まあな。並大抵の努力じゃ無理だろうけど弁護士になれば兄も納得させられるだろうし、どこかで違法事業してる奴が捕まったときも対処できるしな。それにお前が雇うなら俺は…」

ずっと側にいられるだろ？

そう喉まで出かかった言葉は呑み込んだ。しかし、心の声が聞こえてしまったようだ。

東郷は俺の腰に手を回し、強く引き寄せた。

「言っておくが俺は甘くないぞ」

「それは嫌になるぐらいわかってるよ」

「だったらいいだろう。雇ってやる。ただし条件がある」

「……」

嫌な予感がする。

「毎晩、俺を満足させるまでイかせろ。それが数年後に雇ってやる条件だ」

「………。ふざけんな」

腰に絡まる腕を振り払い、俺は少し歩調を速めた。

東郷は自分のペースは乱さずに追ってくる。

真面目《まじめ》な話をしているのになんて奴だろう、と思う。しかし条件がなくともそうなるであろうことも容易に想像ができて…。

「毎晩、お前が満足するまでっていったいどれだけすればいいんだよ。俺、弁護士になったら六十歳とか嫌だからな」

すぐ後ろまで近づいた東郷に聞こえないよう溜息混じりに呟くと、俺はまた頬を熱くした。

あとがき

初めまして、本庄咲貴《ほんじょうさき》と申します。このたびはラヴァーズ文庫様で初となる『蠱惑《こわく》の脅迫者《きょうはくしゃ》』をお手にとっていただきありがとうございました。

高級売春クラブのオーナーと新米刑事の恋愛という、ちょっとアンダーグラウンドなお話はいかがだったでしょうか？

今回は舞台が高級売春クラブということで、私なりに少し過激なエロに挑戦してみました。首輪とか、踏みつけるとか、縛りとか……エロって奥が深いなとしみじみ思います（笑）。

東郷《とうごう》がそんなプレイに興じたのは復讐のためだったのですが、一度味をしめてしまったことで塔也《とうや》の今後はとても大変です。あれこれと提案される試作品を試されることは間違いなく、六法全書を覚える時間があるのかどうか…。しかし塔也の苦労のおかげで『アポロクラブ』の人気がますます上昇することは確実でしょう（笑）。

そんな誘惑（？）の多い環境にも負けず塔也が弁護士となったとき、真の意味で兄の呪縛から解放されたことになるのかもしれません。一方、弟の自殺という過去に囚われていた東郷も同様に、恋人かつ弁護士・雨宮塔也《あめみやとうや》というパートナーを迎え、新たな一歩を踏み出すのでしょう。

そこからまた新たな二人の物語が始まるのかな…と思います。

イラストを担当して下さった國沢智《くにさわとも》先生。お忙しい中、本当にありがとうございました。そして大変ご迷惑をおかけして本当に申し訳ありませんでした。とても素敵な東郷と塔也に感激しております。どんな二人を見せていただけるのか、今から本ができあがるのがとても楽しみです。

担当のT様、いつもありがとうございます。ご迷惑ばかりおかけして大変申し訳ありません。これに懲りずこれからもご指導宜しくお願いいたします。

最後になりましたが、この本を最後まで呼んで下さった皆様、本当にありがとうございました。少しでも楽しんでいただけた作品であればいいなと思っております。

今年はいろいろと頑張って活動しておりますので、この先もおつきあい下さると幸いです。宜しくお願いいたします。

それではまたお会いできることを祈っております。

二〇〇八年三月

本庄咲貴

Lovers GREED

蠱惑の脅迫者

ラヴァーズ文庫をお買い上げいただきありがとうございます。
この作品を読んでのご意見・ご感想をお聞かせください。
あて先は下記の通りです。

〒102−0072
東京都千代田区飯田橋2-7-3
(株)竹書房　第五編集部
本庄咲貴先生係
國沢 智先生係

2008年5月2日
初版第1刷発行

●著　者
本庄咲貴 ©SAKI HONJOH
●イラスト
國沢 智 ©TOMO KUNISAWA

●発行者　牧村康正
●発行所　株式会社　竹書房
〒102−0072
東京都千代田区飯田橋2-7-3
電話　03(3264)1576(代表)
　　　03(3234)6245(編集部)
振替　00170-2-179210
●ホームページ
http://www.takeshobo.co.jp

●印刷所　株式会社テンプリント
●本文デザイン　Creative･Sano･Japan

ISBN 978-4-8124-3433-8　C 0193

ラヴァーズ文庫GREED
Lovers GREED
黒《コク》帝《テイ》愛《アイ》人《ジン》
「主人を拒むのか——…!?」
「奪われているのは体の自由だけだ」
「サディストの、いいご主人様に巡り合うことを祈っててやるよ」
新宿に存在する多国籍集団UNIONのリーダー、桂木祥悟《かつらぎしょうご》は、
警察から仲間を守るため、闇オークションの出品物として
囮捜査に協力させられていた。
もののように扱われ、値段をつけられても、
会場に踏み込んで来た警察に助け出されるはずだった。
しかし、祥悟に50億の落札額をつけた男は、警察の手をたやすくかわし、
祥悟を香港へ連れ去ってしまう。
「日本の淫らな原石は磨きがいがありそうだ」
決して屈しないと誓う祥悟だが、
神秘をまとう美しい男の性奴になる運命なのか——…。
著 あさひ木葉《このは》
画 音子《おとこ》
好評発売中!!